BOOKS BY FRANCE DUBIN

Merde, It's Not Easy to Learn French
Merde, French is Hard… but Fun!
Merde, I'm in Paris!

Petit déjeuner à Paris
Déjeuner à Paris
Dîner à Paris

Une famille compliquée

Meurtre rue Saint-Jacques
Meurtre avenue des Champs-Élysées
Meurtre à Montmartre

Visit her author page at francedubin.com.

Meurtre
à Montmartre

A Murder Mystery in Easy
French

FRANCE DUBIN

Easy French Press

Easy French Press
Austin, Texas
easyfrenchpress.com

ISBN: 979-8-9866352-7-9 (paperback)
979-8-9866352-6-2 (e-book)

20221030

CONTENTS

ACKNOWLEDGMENTS   vii

1 MEURTRE À MONTMARTRE   1

2 ENGLISH TRANSLATION   119

ABOUT THE AUTHOR   243

ACKNOWLEDGMENTS

Je voudrais remercier mon mari Joe Dubin, Christophe Blond, Marie-Jo Campana, Stewart Cook, et tous mes étudiants.

I hope you enjoy this book! I also recommend the companion audiobook version so you can learn how to pronounce this beautiful language correctly. For information on where to buy the audiobook, visit my website at francedubin.com.

Merci beaucoup et bonne lecture !

France Dubin

francedubinauthor@gmail.com
facebook.com/FranceDubinAuthor
Instagram: @books.in.easy.french

1 MEURTRE À MONTMARTRE

Chapitre 1

— Silence, monsieur ! ordonne Julia. Nous ne sommes pas dans votre salon. Nous sommes dans une bibliothèque !

Julia travaille avec moi à la bibliothèque principale de la ville de Houston au Texas. Nous nous connaissons depuis plus de dix ans. Julia est ma collègue et mon amie.

Julia est grande. Ses cheveux sont bleus et souvent attachés avec un bandana. Elle adore porter des shorts pour montrer ses jambes couvertes de tatouages.

— Parlez moins fort, monsieur, répète Julia. Il

y a des personnes qui travaillent ici. Ce n'est pas possible !

Julia a dans les mains la biographie d'une de ses auteures préférées : Simone de Beauvoir. Elle me regarde et elle lève les yeux au ciel.

— Ce sont toujours les hommes qui parlent fort ici. Tu as remarqué, Alice ?

Je ne dis rien car je pense que tout le monde, les femmes, les hommes, les jeunes, les vieux parlent souvent fort dans cette bibliothèque.

Je pousse un petit chariot en métal rempli de livres que je dois mettre dans la section Mystères. C'est ma section favorite. Ces livres sont neufs. Ils viennent d'arriver à la bibliothèque. J'ai hâte de les lire.

— Alice, on peut manger ensemble ce midi ? me demande-t-elle.
— Avec plaisir, chère collègue, je lui réponds en regardant ma montre. Il est presque 11 heures 15 et j'ai déjà faim.
— Alors, rendez-vous dans la salle de pause dans 10 minutes.

Je lève mon pouce pour signifier que je suis

d'accord et je recommence à pousser mon petit chariot.

J'aimerais être dans mon appartement, sur mon fauteuil, un mystère entre les mains et un verre de vin à côté de moi. Le bonheur !

Je passe devant la section des livres féministes. Je regarde Julia. Elle met de l'ordre dans les livres de Margaret Atwood.

— À tout de suite, je lui dis.

— Alice, j'ai reçu un mail bizarre hier. Je voudrais te le montrer. Tu vas me dire ce que tu en penses.

— Il est à quel sujet ? je lui demande.

— C'est le mail d'une cousine que je ne connais pas. Elle habite à Paris.

— Oh là là, c'est intrigant.

Je ne le sais pas encore mais ce mail va nous emmener à Paris sur la scène d'un crime très français.

Exercice du chapitre 1

Alice et Julia travaillent dans une bibliothèque. Elles sont **bibliothécaires**.

Trouvez le métier des personnes suivantes :

1. Charlie travaille dans une boucherie. Il est
   _____.

2. Chantal et Jean travaillent dans un garage. Ils sont _____.

3. Natacha travaille dans une pharmacie. Elle est _____.

4. Jacques et Thomas travaillent dans une ferme. Ils sont _____.

5. Igor travaille dans une banque. Il est
   _____.

6. Alain travaille dans un lycée. Il est
   _____.

7. Katie et James travaillent dans une bijouterie. Ils sont _____.

8. Anne et Alex travaillent dans une librairie. Ils sont _____.

Chapitre 2

Julia et moi arrivons dans la salle de pause de la bibliothèque. Il y a une table en bois et sept chaises. Sur la table, il y a des serviettes en papier, du sel, du poivre, du ketchup et de la moutarde. À gauche, près de la fenêtre, sur une petite table, il y a une machine à café, des tasses et quelques sachets de sucre. Sur les murs, une horloge en forme de livre indique l'heure.

La salle est vide. Il est encore tôt. Mes collègues préfèrent manger entre midi et quatorze heures.

Julia et moi prenons place autour de la table. Nous nous installons l'une en face de l'autre.

Je sors une petite boîte en plastique de mon sac et je la pose sur la table. Ce matin avant de partir travailler, j'ai préparé une salade de quinoa avec des légumes. Comme dessert, j'ai choisi une orange. J'ai aussi emporté une petite bouteille en métal que j'ai remplie avec de l'eau filtrée.

— Tu aimes le quinoa ? me demande Julia.
— Oui, beaucoup. Et c'est bon pour la santé.
— Moi, je trouve que le quinoa a un goût de carton.
— Pas si tu le mélanges avec des légumes

comme des carottes et que tu ajoutes une bonne sauce. Je te promets. Tu veux goûter ? je lui dis en lui montrant ma salade.

— Non merci, répond-elle poliment.

Julia met sur la table son sandwich à l'avocat et une canette de soda. Elle mange presque tous les midis la même chose.

— Alors ce mail, je lui demande. Tu me le montres ?

— Tu vas voir. C'est bizarre !

Julia sort son téléphone portable de la poche arrière de son short. L'écran est cassé. Le dos du téléphone est couvert d'autocollants féministes.

— Tu te souviens que ma mère était française, me dit Julia. Elle a rencontré mon père en 1944 en France.

— Oui, je m'en souviens. Ton père était militaire américain, n'est-ce pas ?

— Oui. Ils se sont rencontrés à Paris. Le coup de foudre…L'amour au premier regard… Et elle l'a suivi jusqu'au Texas où il habitait avant la guerre.

— Ta mère a quitté sa famille pour suivre un militaire américain. C'est une belle histoire !

— C'est vrai, mais ma mère n'a jamais revu sa famille française. Elle avait dix-huit ans quand elle est partie. Je pense que sa famille était en colère avec elle.

— Vraiment ? Mais pourquoi ?

Julia ouvre sa canette de soda.

— Je pense que sa famille n'a pas accepté la situation. Ma mère est partie avec un homme avant le mariage. C'était une famille très traditionnelle. C'était une autre époque aussi.

— Quel dommage.

— Je pense que c'est son seul regret. Ma mère est morte sans avoir revu ses parents ou sa sœur.

Julia me passe son portable.

— Regarde. Hier j'ai reçu ce mail. Lis-le.

Exercice du chapitre 2

La mère de Julia a rencontré un militaire américain en 1944. Elle a quitté sa famille française et elle est partie vivre avec lui au Texas.

Voici 8 mots qui font partie du vocabulaire de l'amour. Trouvez la bonne traduction.

la lune de miel	a heart
les fiançailles	to flirt
un coup de foudre	honeymoon
draguer	love at first sight
un époux	a husband
un anniversaire de mariage	a wedding band
une alliance	engagement
un cœur	an anniversary

Chapitre 3

Julia enlève le bandana de ses cheveux. Elle le pose à côté d'elle sur la table et commence nerveusement à le plier et le déplier.

— Ma mère ne m'a jamais parlé de sa famille française, dit Julia. Je sais seulement qu'elle avait une sœur, Bernadette, plus jeune qu'elle.

Je commence à lire le mail à haute voix.

— Bonjour. Je m'appelle Blanche de Monceau. J'habite à Paris et je pense que nous sommes cousines...

Je regarde Julia. Elle me fait signe de continuer.

— Maman est morte récemment. J'ai trouvé beaucoup de photos d'une jeune femme que je pense être votre mère, Françoise. J'aimerais vous donner plus de détails mais avant, je veux être sûre que nous sommes de la même famille. Pouvez-vous m'envoyer une photo de votre mère ou encore mieux une photo de sa carte d'identité ?

Je redonne le téléphone portable à Julia. Elle le

remet dans la poche arrière de son short.

— Tu as compris le mail ?

— Oui, répond Julia. Je lis le français assez bien. Je l'ai étudié à l'université. Mais je le parle très mal.

— Ta mère ne te parlait jamais en français ?

— Elle parlait français seulement quand elle était en colère avec moi. Par exemple, elle disait « Mais qu'est-ce que j'ai fait au bon Dieu pour avoir une fille comme toi ! »

Je bois un peu d'eau et je commence à éplucher mon orange.

— C'est super ! Tu vas pouvoir reprendre contact avec ta famille française. Est-ce que tu as toujours la carte d'identité de ta mère ?

— Oui, elle se trouve dans mon bureau chez moi.

Le bandana de Julia ressemble maintenant à un gros nœud.

— Je ne sais pas si je vais répondre à cette femme, dit Julia.

— Il faut répondre à ta cousine ! je lui dis.

— Je ne sais vraiment pas. C'est sa famille

française qui a décidé à l'époque de ne plus avoir de contact avec elle. Maintenant, ils veulent reprendre contact. C'est trop tard.

Julia commence son sandwich à l'avocat.

— Allez, Julia. Il faut connaître ta famille française.

— Laisse-moi réfléchir pendant la nuit. On va en reparler demain. D'accord ?

Exercice du chapitre 3

La mère de Blanche vient de mourir à Paris.
Voici la lettre de condoléances envoyée par sa cousine Julia.

Trouvez neuf fautes dans cette lettre.

Cher Blanche,

Je suis désolée à apprendre la mort de votre mère.

Je n'est malheureusement jamais rencontré votre mère mais je pense qu'elle était une femme sympathique, intelligente et intéressante.

Elle vas laisser de bon souvenirs à ses amis.

Je suis certaine quelle repose en paix. N'hésitez pas à me contacter si tu as besoin d'aide.

Je vous adresse mes plus sincères condoléances. Je vous souhaite tout le réconfort et le courage que vous méritez dans se moment difficile.

Ton cousine, Julia.

Chapitre 4

Le lendemain vers midi, je cherche Julia dans la bibliothèque. Je la trouve dans la section des biographies.

— Bonjour Julia. Comment vas-tu ?
— Je vais assez bien, dit-elle en remettant une biographie de Gertrude Stein dans le bon ordre alphabétique.
— Tu sais que madame Stein a habité à Paris, n'est-ce pas ?

Julia hausse les épaules. Elle est spécialiste des auteurs féministes américaines. Bien sûr qu'elle sait que Gertrude Stein a vécu à Paris.

— Tu as pris une décision ? je lui demande. Tu penses prendre contact avec ta cousine française ?
— Oui, j'ai pris une décision.
— Laquelle ? J'ai hâte de la connaître.
— On va dans la salle de pause ? me dit-elle. Je te dirai ce que j'ai décidé.

Quand nous arrivons dans la salle de pause, la table est déjà occupée par deux hommes. Ils ont environ soixante ans. Ils mangent tous les deux une salade composée de haricots noirs, de tomates et de maïs. Ils parlent de la société 23etmoi et d'arbre généalogique.

— Mes ancêtres viennent d'Espagne et du Portugal, dit l'un. C'est fou ! Je pensais que ma famille venait d'Irlande.

— Moi, dit l'autre, je pensais que mes ancêtres étaient allemands. À l'université, j'ai choisi d'étudier la langue allemande pour cette raison. En fait, ma famille vient d'Ukraine et de Russie !

Julia va se servir un café. Elle verse dans sa tasse trois sachets de sucre.

— Je n'ai pas faim aujourd'hui, me dit-elle. Tu veux un café, Alice ?

— Non merci, j'ai bu deux thés ce matin.

— Allons dehors pour discuter.

À l'extérieur, nous sommes surprises par la chaleur étouffante et par l'humidité. Nous sommes au début du mois de juin et il fait déjà très chaud à Houston. Il y a une grande différence avec l'air climatisé de la bibliothèque.

Nous nous asseyons sur un banc à l'ombre. Julia sort son téléphone portable de la poche de son short et le place entre nous deux.

— Je n'ai pas dormi de la nuit, dit Julia. Je me suis tournée et retournée dans mon lit.

— Alors ? Qu'est-ce que tu as décidé ?

— J'ai décidé de répondre à Blanche et de rencontrer ma famille française.

— Tu as pris une bonne décision. Je suis fière de toi, Julia. Qu'est-ce que tu vas faire maintenant ?

Julia prend une longue gorgée de café.

— Ce matin, j'ai envoyé la photo de la carte d'identité de ma mère à Blanche pour prouver que je suis bien de la famille. Maintenant, j'attends une réponse de ma cousine.

Nous sursautons toutes les deux. Le téléphone portable de Julia vient de vibrer.

— C'est un mail de Blanche, ma cousine, dit Julia en regardant son téléphone.

Exercice du chapitre 4

Julia n'a pas bien dormi cette nuit. Elle s'est tournée et s'est retournée dans son lit.

Pouvez-vous conjuguer le verbe « se retourner » au présent de l'indicatif et au passé composé ?

je	
tu	
elle	
nous	
vous	
elles	

Chapitre 5

Julia attrape son téléphone.

— J'ai hâte de savoir ce qu'elle t'écrit, dis-je. S'il te plaît, lis-le moi.
— D'accord Alice, mais ne te moque pas de mon accent. D'accord ?
— C'est promis. Allez, dépêche-toi !

Julia prend une longue gorgée de son café et commence à lire.

— Julia, je suis très contente de vous avoir trouvée. Merci pour la photo de la carte d'identité de votre mère. Il y a deux mois, maman, la sœur de votre mère, est morte et j'ai hérité de son appartement dans le quartier de Montmartre, juste à côté de la Basilique du Sacré-Cœur. Dans son appartement, j'ai trouvé beaucoup de photos de nos grands-parents…
— Ta cousine a hérité d'un appartement dans le quartier de Montmartre ? Quelle chance !
— Ce n'est pas dans ce quartier que le film Emily in Paris a été tourné ? demande Julia.
— Non, tu confonds avec le film Le fabuleux destin d'Amélie Poulain.

— Peut-être que tu as raison…

Un homme passe devant nous sans nous regarder. Il parle tout seul. Ses vêtements sont sales. Il sent l'urine et la sueur. Il pousse la porte de la bibliothèque et disparaît à l'intérieur.

— Ma cousine a écrit un long mail, reprend Julia.

— Continue à lire, s'il te plaît.

— D'accord… Paris est très beau à cette période de l'année. Je voudrais savoir si vous êtes disponible pour venir à Paris me rencontrer et peut-être m'aider à faire le tri dans les photos et les souvenirs de notre famille. J'aimerais vous offrir un billet d'avion pour vous et votre mari. Bien sûr, vous pouvez tous les deux vivre dans l'appartement de maman à Montmartre.

— Julia ! Blanche t'invite à Paris. Elle t'offre le voyage. Quelle chance !

Julia finit son café. Elle n'a pas l'air enthousiaste.

— Mais, je n'ai pas envie d'aller à Paris. Je n'ai pas envie de regarder de vieilles photos de famille. Non merci ! En plus, je suis allergique aux histoires de famille.

Je connais bien Julia. Elle est passionnée par les livres et le féminisme.

— Pense à tout ce que tu peux trouver dans l'appartement de ta tante. Elle a sûrement des livres anciens… et peut-être un livre sur le droit des femmes en France ? Tu sais en quelle année les femmes ont eu le droit de voter en France ?

— En 1944, juste à la fin de la seconde guerre mondiale. L'année où mes parents se sont rencontrés.

— C'est fou, je lui dis. Les femmes n'avaient pas beaucoup de droits à l'époque. Et je ne sais pas si la situation est meilleure aujourd'hui.

— À qui le dis-tu !

— Si tu trouves des livres intéressants dans l'appartement de ta tante à Montmartre, tu peux peut-être contribuer aux archives de la bibliothèque de la ville.

Je pense voir un sourire sur le visage de Julia.

— Écoute, Alice, je veux bien aller à Paris… à une condition.

— Laquelle ?

— Tu viens avec moi !

— J'aimerais beaucoup venir avec toi, Julia, mais je n'ai pas d'argent pour payer ce voyage.

Mon compte en banque est à zéro.

— Blanche est d'accord pour payer un billet à mon mari et à moi. Je ne suis pas mariée. Peut-être qu'elle acceptera de payer un billet à ma collègue, mon soutien moral et mon amie Alice ?

— On peut toujours lui demander, je réponds à Julia. Qui ne tente rien, n'a rien.

Exercice du chapitre 5

Julia veut bien aller à Paris rencontrer sa cousine Blanche si Alice fait le voyage avec elle. Malheureusement, Alice n'a pas d'argent pour payer ce voyage.

Six expressions veulent dire « ne pas avoir d'argent. » Pouvez-vous les trouver ?

1. Être ruiné

2. Ne pas avoir une thune

3. En avoir ras le bol

4. Ne pas avoir un radis

5. Être complètement fauché

6. Être raide

7. Ne pas avoir de bol

8. Ne pas avoir un kopeck

Chapitre 6
Trois semaines plus tard

Au 179 rue Lepic, Blanche vérifie une dernière fois la chambre d'ami. Odette, la femme de chambre, a fait du bon travail. La chambre est parfaite. Blanche pose un vase avec quelques roses sur la commode.

— Odette, dit-elle, vous avez pensez à passer l'aspirateur sous les lits ?

— Oui, madame Blanche.

— Et vous avez ouvert la fenêtre ce matin pour changer l'air ?

— Non. Votre mère n'aimait pas que je laisse la fenêtre ouverte. Elle avait peur des voleurs.

— Odette, nous sommes au deuxième étage et maman n'est plus là. Maintenant, c'est moi qui décide. Vous avez compris, Odette ?

— Oui, madame.

Blanche pense qu'il va falloir qu'elle se débarrasse bientôt d'Odette. La femme de chambre était au service de sa mère pendant plus de cinquante ans. Elle était devenue sa confidente et sa dame de compagnie. Mais Odette n'est plus toute jeune. Elle perd un peu la tête et elle ne voit plus très bien. Hier, Odette a cassé un verre en cristal. Et avant-hier elle a laissé l'eau couler dans l'évier pendant plus de vingt minutes. Il y a presque eu une inondation.

Avant de fermer la porte de la chambre d'ami, Blanche jette un coup d'œil sous les deux lits. Le sol est propre. Sa cousine américaine et son amie vont être bien installées. Blanche adore cette chambre. La fenêtre donne sur une petite cour tranquille. Parfois quand la cloche de la basilique du Sacré-Cœur sonne, on pourrait se croire dans un petit village de campagne.

Cet appartement est dans la famille depuis trois générations. Ses grands-parents l'avaient acheté en 1937, deux ans avant la seconde guerre mondiale. A l'époque Françoise, la mère de Julia, avait dix ans et Bernadette, sa mère, avait 7 ans.

Les grands-parents étaient tombés amoureux de cet appartement car de la fenêtre du salon, il y avait une vue imprenable sur le Sacré-Cœur.

Dans le salon, Blanche remet de l'ordre dans les livres de la bibliothèque. Elle ouvre ensuite les lourds rideaux de velours et ouvre la fenêtre. Elle est toujours émerveillée par la basilique blanche aux formes arrondies et voluptueuses.

— Que c'est beau ! dit-elle en prenant une grande inspiration. La vue est parfaite. C'est la plus belle vue de Paris !

— Oh là là, madame Blanche, crie Odette en fermant la fenêtre, vous allez attraper froid et vous allez tomber malade ou pire.

— Odette, laissez cette fenêtre ouverte, je vous prie.

Mais Odette est un peu sourde et elle n'entend pas ce que Blanche lui dit… ou peut-être qu'elle ne veut pas entendre.

Odette ferme la fenêtre du salon et retourne dans la cuisine. Elle doit préparer une salade de betteraves. Les Américaines arrivent aujourd'hui.

Exercice du chapitre 6

Blanche prépare la chambre pour l'arrivée des Américaines Julia et Alice.

Voici huit objets que l'on peut trouver dans une chambre.

Trouvez la bonne traduction :

un drap	rug
une taie d'oreiller	curtains
une couette	bed sheet
un mouton	duvet cover
une housse de couette	duvet
un tapis	pillowcase
des stores	dust bunny
des rideaux	blinds

Chapitre 7

Notre voyage s'est bien passé. Notre avion a atterri à l'aéroport Roissy-Charles de Gaulle à huit heures du matin. Nous avons passé la douane sans difficulté. Nous avons récupéré nos valises sans soucis. Ensuite, nous avons marché jusqu'à la gare pour prendre le train de banlieue direction Paris. Acheter un billet de train n'a pas été facile mais nous avons réussi avec l'aide d'un agent de la SNCF. Le jeune homme était très sympathique. Il nous a même accompagnées jusqu'au quai et ensuite nous sommes montées dans le train.

Arrivées à la gare du Nord, nous avons décidé de prendre un taxi. Je ne voulais pas prendre le métro parce que ma grande valise était trop lourde.

— Est-ce que tu as hâte de rencontrer ta cousine ? je demande à Julia.

— Je ne sais pas. À la fois je suis contente de la rencontrer et à la fois j'ai l'impression de trahir ma mère.

— Pourquoi tu dis ça ?

— J'ai fait un cauchemar dans l'avion. J'ai rêvé que Blanche était une femme méchante. Elle disait des choses pas gentilles sur ma mère.

— Il ne faut pas avoir peur. Blanche est sûrement très gentille. Déjà, elle nous a offert un billet d'avion. C'est très gentil, non ?

Le taxi s'arrête devant le 179 rue Lepic. L'immeuble est petit. Il a seulement quatre étages. Nous ouvrons la lourde porte en bois.

À l'intérieur, dans le hall, il y a une autre porte. Cette deuxième porte en verre est fermée. Sur le mur de droite, il y a un interphone et trois noms. Le premier est Martin Trimont. Le deuxième est Bernadette de Monceau, en plus petit et à l'encre rouge Blanche de Monceau. Le troisième est Louis et Béatrice Riboud.

Julia appuie sur le deuxième bouton de l'interphone.

— Je suis…

Julia n'a pas le temps de finir sa phrase.

— Bonjour. Montez au deuxième étage, nous dit une voix de femme.
— Merci, dit Julia.

La porte de verre s'ouvre. Nous entrons et cherchons l'ascenseur.

— Julia, tu as oublié de demander s'il y a un ascenseur dans l'immeuble.

Mais après plusieurs minutes, nous avons la réponse. Il n'y a pas d'ascenseur !
— Il faut monter l'escalier avec nos valises, je dis, la galère !
— Donne-moi ta valise, dit Julia. Je vais t'aider.

Julia attrape les deux valises et passe devant moi. Je peux voir en détail les tatouages de ses jambes musclées. Sur sa jambe droite, il y a une femme qui fume une pipe, un bateau et un colibri. Sur sa jambe gauche, il y a un renard sur un vélo et un grand portrait de Ruth Bader Ginsburg.

Au premier étage, nous passons devant la porte de monsieur Trimont. Sur la porte, il y a un petit autocollant arc-en-ciel. Nous pouvons entendre les aboiements d'un petit chien derrière la porte.

Nous continuons à monter et nous arrivons au deuxième étage. Une femme nous attend devant sa porte. Elle regarde surprise les cheveux bleus, le short et les jambes tatouées de Julia. Elle se tourne vers moi.

— Julia ! Ma chère cousine ! dit-elle en me

prenant dans ses bras.

Exercice du chapitre 7

Alice et Julia arrive au 179 rue Lepic à Paris.
C'est un bel immeuble de quatre étages.
Voici quelques mots qui peuvent aider à décrire
un immeuble.

Trouvez la bonne traduction :

un plafond	doormat
un toit	doorbell
un parquet	a stairstep
le rez-de-chaussée	a ceiling
une marche d'escalier	the first floor (ground floor)
un paillasson	a lock
une sonnette	a wooden floor
une serrure	a roof

Chapitre 8

Je rectifie rapidement l'erreur de Blanche.

— Non, non, moi c'est Alice, je lui dis.

Je montre mon amie avec les deux valises.

— Et cette personne, je continue, c'est Julia, votre cousine.

Blanche est si surprise qu'elle fait un pas en arrière. Son sourire disparaît instantanément.

Je regarde les deux cousines. Elles sont vraiment très différentes pour ne pas dire complètement opposées.

Blanche est petite et fine. Julia est grande et musclée.

Blanche a un style très classique, très BCBG – Bon Chic Bon Genre. Elle porte une jupe bleue, un chemisier blanc, un collier de perle et un joli foulard en soie autour du cou. Ses cheveux blonds sont impeccablement attachés en chignon.

Julia, elle, a un style très… original. Elle est,

comme à son habitude, en short pour mettre en valeur ses jambes tatouées. Elle porte un t-shirt sans manche. Quelques poils dépassent de ses aisselles. Elle a un bandana blanc et noir autour du cou. Ses cheveux sont bleus avec deux ou trois dreadlocks apparues depuis hier sûrement à cause de sa nuit agitée dans l'avion.

Julia porte des chaussures Doc Martins de couleur bordeaux. Blanche porte des escarpins beiges avec un petit talon et des semelles rouges. Ses chaussures sont assorties à son foulard en soie.

— Entrez, je vous prie, nous dit-elle. Vous pouvez laisser vos valises dans l'entrée. Odette, notre femme de chambre, va les déposer dans votre chambre.

Nous entrons dans un petit couloir. Sur le mur de droite, il y a un tableau représentant la tour Eiffel. Sur le mur de gauche, il y a un très joli miroir rond. Blanche se retourne pour fermer la porte. Cela prend quelques secondes car il y a quatre serrures à fermer.

— Nous avons fait installer une porte blindée, dit-elle, car il y a eu des vols récemment dans l'immeuble.

J'observe son foulard. Je peux y voir des lions, des girafes, des papillons et beaucoup d'autres animaux.

— Votre foulard est absolument magnifique, je lui dis.

— C'est un foulard Hermès, dit-elle en se retournant vers nous. Ils sont d'une qualité exceptionnelle. Et ils sont fabriqués en France, vous savez.

Blanche nous fait signe de la suivre. Julia est juste derrière moi.

— Ma cousine est une snob, me souffle-t-elle à l'oreille.

Exercice du chapitre 8

Julia et Blanche sont deux cousines très différentes. Elles ont même un style complètement opposé.

Trouvez les deux mots opposés :

allumé	opaque
sage	silencieux
transparent	éteint
chauve	cher
bruyant	glacial
bon marché	agité
nu	chevelu
brûlant	habillé

Chapitre 9

De la fenêtre du salon, il y a une vue magnifique sur la Basilique du Sacré-Cœur. J'ai le souffle coupé. J'ai l'impression d'être dans un film et je m'attends à voir l'actrice Audrey Tautou/Amélie Poulain assise sur un cheval en bois dans le carrousel au pied de la basilique.

— Asseyez-vous, je vous en prie, nous dit Blanche.

Le canapé est recouvert d'un tissu gris et usé. Blanche s'assoit dans un fauteuil en face de nous.

— Vous souhaitez quelque chose à boire ? Un rafraîchissement ? Un thé ou un café ? nous demande-t-elle.

Au même moment, une vielle femme entre dans le salon. Elle porte une robe noire et un petit tablier blanc. Ses cheveux sont blancs avec des reflets violets.

— Je voudrais un café s'il vous plaît, madame, dit Julia.
— Un thé vert pour moi si vous en avez, je dis.

— Et une petite bouteille d'eau gazeuse pour moi Odette, dit Blanche.

La vieille dame disparaît sans dire un mot. Blanche se tourne vers Julia.

— Julia, dites-moi tout sur votre vie. Est-ce que vous êtes mariée ? Est-ce que vous avez des enfants ?

— Non, je ne suis ni mariée, ni mère.

— Comme moi alors, dit Blanche en riant.

— Cela fait au moins deux points communs, je dis.

Je regarde Julia et Blanche embarrassée. J'aurai dû ne rien dire. D'ailleurs, je décide de me taire. Pendant que Blanche et Julia font connaissance, j'observe le salon.

Sur ma droite, une énorme bibliothèque prend tout le mur. Je peux deviner qu'il y a parmi les livres deux dictionnaires, cinq bibles et une encyclopédie en 20 volumes. Les autres livres sont trop petits et je suis assise trop loin pour pouvoir lire les titres.

Les autres murs sont couverts de tableaux représentant des scènes de la vie parisienne. J'aime spécialement le tableau près de la fenêtre. On peut y voir l'Arc de Triomphe et une partie des Champs-Élysées. J'aime aussi le tableau à gauche de la bibliothèque. On peut y voir des enfants jouant avec des bateaux dans un parc que je devine être le Jardin du Luxembourg. Je reconnais la grande fontaine.

La vieille femme revient dans le salon avec nos boissons sur un plateau en argent. Elle les pose sur la table basse à côté du fauteuil.

— Merci Odette, dit Blanche. Vous pouvez nous laisser maintenant.

Blanche me donne ma tasse de thé et donne à Julia son café.

— Il y a du sucre ici, dit-elle en nous montrant une petite boîte de porcelaine.

Blanche prend sa petite bouteille d'eau gazeuse.

— J'ai toujours du mal à ouvrir ces petites bouteilles, dit-elle. Et Odette, la femme de chambre de maman, ne peut pas m'aider. Elle a de l'arthrite dans toutes les articulations de ses mains. Cela fait peine à voir.

Julia se penche vers Blanche et prend la petite bouteille. De ses mains puissantes, elle ouvre la bouteille instantanément.

— Vous avez des mains d'étrangleuse, chère cousine ! dit Blanche.

Exercice du chapitre 9

De la fenêtre du salon, il y a une très belle vue sur la Basilique du Sacré-Cœur.

Compléter les phrases avec le bon adjectif : beau, beaux, belle, belles ou bel.

1. Blanche est une _____ femme un peu snob.

2. Alice a de très _____ mains.

3. Alice a de très _____ tatouages.

4. C'est un très _____ immeuble.

5. Blanche porte un _____ foulard.

6. Dans le salon il y a une _____ bibliothèque.

7. Je suis dans de _____ draps !

8. Le sucre est dans une _____ boîte de porcelaine.

9. C'est une _____ histoire !

10. Odette porte un _____ tablier noir.

Chapitre 10

— Voici votre chambre, nous dit Blanche.

Nous entrons dans une jolie pièce. Il y a deux lits côte à côte et deux tables de nuit. Sur la commode est posé un petit vase avec quelques fleurs. Au-dessus de chaque lit, sur le mur, il y a un crucifix.

— Je prends le lit le plus proche de la porte, dit Julia. Je me lève souvent pour aller aux toilettes.

— Comme tu veux, je lui réponds. Je vais prendre le lit le plus proche de la fenêtre.

Blanche ouvre les rideaux de la fenêtre. Le soleil entre dans la chambre. Là encore, il y a une vue exceptionnelle sur un petit jardin intérieur. Je suis complètement amoureuse de cette vue.

— Quel spectacle ! je dis. C'est absolument magnifique. On se croirait à la campagne.

— C'est vrai Alice, dit Blanche. Vous savez, c'est très rare à Paris d'avoir deux vues aussi spectaculaires.

— Quelle est l'histoire de cet appartement ? je lui demande.

— Nos grands-parents ont acheté cet

appartement en 1937 juste avant la guerre. Ils habitaient dans le quartier et c'est une de leurs amies, je crois, qui leur a parlé d'un appartement à vendre.

— Donc cela va faire trois générations que cet appartement est dans la famille ?

— Absolument, Alice !

— C'est fascinant !

Je pense alors aux maisons de ma ville de Houston au Texas. Nos maisons ne sont pas très solides. Elles sont construites avec de simples planches de bois. Elles me font penser à la maison en paille des trois petits cochons. Un peu de vent et hop, elles disparaissent.

La visite de l'appartement continue. Blanche ouvre la porte de la salle de bain.

— Voici la douche, la baignoire et le lavabo.

— J'adore le carrelage jaune, dit Julia. C'est super kitch.

— Moi, je le déteste, dit Blanche. C'est une des premières pièces que je vais rénover. J'ai trouvé un carrelage en marbre fabuleux.

Un peu plus loin Blanche ouvre une autre porte et la referme aussitôt. J'ai juste le temps de voir sur le lit une douzaine de boîtes à chaussures.

— C'est la chambre de maman. Ces boîtes sont remplies de photos. Je n'ai pas encore eu le courage de faire le tri dans ses affaires. Peut-être que bientôt je vais trouver le courage…

Nous continuons la visite.

— Ici, c'est la cuisine.

Odette est là. Elle coupe des betteraves rouges pour faire la salade.

— Odette était au service de maman pendant 50 ans, dit Blanche. Elle habite dans l'immeuble, dans un petit appartement au dernier étage.

Odette lève la tête pour nous regarder. Elle essuie son couteau sur son tablier blanc. Le couteau laisse une trace rouge comme du sang.

Exercice du chapitre 10

Blanche veut rénover la salle de bain de l'appartement. Elle déteste le carrelage jaune et elle veut le remplacer avec du marbre.

Mais pour faire des rénovations, il faut de bons outils.

Pouvez-vous trouver la traduction de ces outils ?

un marteau	a paintbrush
une échelle	a nail
un clou	a drill
un tournevis	a hammer
une scie	a saw
une perceuse	a tool box
un pinceau	a ladder
une boîte à outils	a screwdriver

Chapitre 11

Nous revenons dans le salon.

— Asseyez-vous je vous en prie, mesdames, nous dit Blanche.

Sur la table basse, ma tasse de thé, la tasse de café de Julia et la petite bouteille d'eau gazeuse ont disparu. À la place, il y a trois verres d'eau et une assiette de macarons.

Blanche nous tend l'assiette de macarons. Julia et moi en prenons un.

— Merci, ils ont l'air délicieux.
— Ils sont absolument divins, dit Blanche. Ils viennent de la maison Georges Larnicol. Une des meilleures adresses du quartier.

Julia fait tomber le macaron sur le sol.

— Je suis désolée, dit-elle.
— Cela ne fait rien, chère cousine, dit Blanche. Tenez, reprenez-en un autre.

Mais Julia fait « non » de la main. Elle ramasse

rapidement son macaron, souffle dessus et le met dans sa bouche devant les yeux épouvantés de sa cousine.

Blanche ne doit pas connaître la loi américaine des cinq secondes.

— Si on fait tomber de la nourriture moins de cinq secondes, dit Julia, il est autorisé de la manger. Et je pense que dans le cas d'un macaron, la loi passe à 15 secondes.

Blanche se lève et disparaît du salon.

— J'espère que je ne l'ai pas dégoûtée ? me demande Julia.
— Je ne le crois pas, je réponds pour rassurer mon amie.

Mais dans ma tête, je pense que Blanche est une femme très sophistiquée. Peut-être que de voir sa cousine manger un macaron comme cela est au-dessus de ses limites.

Mais Blanche revient dans le salon. Elle est souriante. Elle a dans les mains un vieil album de photos. Elle le pose à côté de Julia sur le canapé.

— J'ai trouvé cet album dans le coffre-fort de

maman, dit-elle à Julia. Elle l'avait mis à la banque avec ses papiers importants. Je pense qu'il y a dans cet album des photos très importantes pour elle.

Julia prend l'album et le pose avec délicatesse sur ses genoux.

— J'adore les vieilles photos de famille, dit Julia faussement joyeuse.
— Moi aussi, dit Blanche.

Julia ouvre l'album.

— C'est ma mère ! crie Julia émerveillée.
— Oui, c'est Françoise, ajoute Blanche.

La photo a été prise sur les marches de la basilique du Sacré-Cœur. Une petite fille en robe porte un bébé dans ses bras.

— Je reconnais ma mère. Nous avons le même nez et elle a le même grain de beauté que moi sur le mollet, dit Julia en me montrant son mollet.
— Et le bébé dans ses bras, qui est-ce ? je demande.

Mais Blanche n'a pas le temps de répondre. Quelqu'un frappe à la porte de l'appartement.

Exercice du chapitre 11

Complétez ces phrases avec le bon verbe :

Julia, Alice et moi _____des macarons en regardant de vieilles photos de familles.

   a. mangent
   b. mangeons
   c. manges

Blanche a _____des photos dans le coffre-fort de la banque.

   a. trouvé
   b. trouvée
   c. trouvées

Julia et Alice _____ regarder les photos avec attention.

   a. ont
   b. vont
   c. allions

Julia _____ fait tomber un macaron par terre.

a. est
b. a
c. va

Blanche est _____ à la banque.

a. allé
b. allée
c. allées

Alice a regardé les photos. Alice les a _____.

a. regardé
b. regardés
c. regardées

Chapitre 12

— Odette ? Odette ? crie Blanche. On frappe à la porte. Allez ouvrir s'il vous plaît !

Mais pas de réponse de la vieille Odette.

— Odette ? crie encore Blanche. Odette ?

Blanche se lève de son fauteuil.

— Cette vieille chèvre est de plus en plus sourde, nous dit-elle. Je ne sais pas ce que je vais faire d'elle. Je ne pense pas la garder.

Blanche part en direction de la porte d'entrée. Je l'entends ouvrir les quatre serrures de la porte.

— Monsieur Trimont, quel plaisir ! dit Blanche avec une voix faussement amicale. Comment allez-vous ? Et comment va votre ami Monsieur Gilles Gustave ?

— Je vais très bien et mon ami va très bien aussi, merci.

— C'est parfait alors.

— Madame de Monceau, reprend le voisin, je voudrais savoir ce que vous pensez de ma proposition au sujet de l'appartement ?

— Oui, j'ai réfléchi. Je ne souhaite pas vendre cet appartement.

— Je suis prêt à aller jusqu'à un million deux cent cinquante mille euros !

— Cela ne m'intéresse pas.

— J'ai besoin d'un appartement plus grand pour vivre avec mon mari Gilles.

— Bonne journée monsieur Trimont, dit Blanche en fermant la porte.

Je regarde Julia. Mon amie arrête soudainement son exploration des photos.

— Un million deux cent cinquante mille euros pour l'appartement ! me dit-elle.

— C'est fou ! je dis, je ne pensais pas que…

Mais nous arrêtons notre petite discussion car Blanche vient de revenir dans le salon. Nous ne l'avons pas entendue fermer les serrures de la porte.

— C'était mon voisin, dit Blanche. Il veut absolument acheter l'appartement de maman.

— Pourquoi ? demande Julia. Il habite déjà dans l'immeuble.

— Parce que cet appartement est beaucoup plus grand que le sien.

— Vous pensez vendre ? je lui demande.

— Absolument pas, dit-elle. Et si je vends un jour…. Cela ne va pas être à monsieur Trimont.

— Pourquoi ? demande Julia.

— Maman était très traditionnelle. Elle n'avait pas du tout les mêmes valeurs que monsieur Trimont.

— Vraiment ? dit Julia. Quelles valeurs avait ta mère ?

— Pardon ? demande Blanche choquée. Qu'est-ce que vous avez dit ?

— Quelles valeurs avait ta mère ? demande Julia un peu plus fort.

— Julia veut dire, quelles valeurs avait votre mère ? je dis.

Blanche n'aime vraiment pas que sa cousine utilise le tutoiement pour lui parler. Je sens que l'ambiance est en train de changer. Il y a un peu d'électricité dans l'air. Je décide de trouver une porte de sortie.

— Julia, Blanche, je suis très fatiguée. Je pense que j'aimerais prendre une douche, manger un peu et aller au lit pas trop tard.

Blanche regarde sa montre.

— Vous avez raison. Voici les clés de l'appartement de maman. Je vais revenir dans mon appartement. Je reviendrai demain matin un peu après huit heures. Ce n'est pas trop tôt ?

— Non, c'est parfait, répond Julia. Nous commencerons à trier les photos de votre mère.

Blanche se lève.

— Passez toutes les deux une bonne nuit, dit-elle. Et n'oubliez pas, vous êtes ici chez vous !

Exercice du chapitre 12

Blanche n'aime pas que sa cousine utilise le tutoiement pour lui parler. Blanche est un peu snob.

Écrivez ces phrases en utilisant le vouvoiement.

1. Est-ce que tu es très fatiguée ?

2. Tu as raison.

3. Comment s'appelle ta mère ?

4. Tu penses que ton voisin veut acheter ton appartement.

5. Tu as parlé un peu trop fort.

6. Tu es de plus en plus sourde.

7. Tu vas manger tes macarons trop rapidement.

8. As-tu vu les photos de famille ?

9. Mange ton croissant !

10. Tu veux peut-être acheter cet appartement mais il n'est pas pour toi.

Chapitre 13

— Vous êtes ici chez vous ! dit Julia en imitant sa cousine. Quelle snob !

Julia a mis son bandana autour de son cou exactement comme Blanche porte son foulard Hermès.

— Remarque, ta cousine a raison. Tu es ici un peu chez toi.

— Comment ça ?

— Si cet appartement était l'appartement de tes grands-parents, alors ta mère aurait dû hériter de la moitié au moment de leur décès, l'autre moitié allant bien sûr à Bernadette, leur autre fille.

Julia attrape trois macarons dans l'assiette.

— Sauf si mes grands-parents ont fait de Bernadette leur unique héritière, dit-elle en mettant les macarons l'un après l'autre dans sa bouche.

— Et déshériter ta mère ?

— Exactement... Ils ont dû déshériter ma mère. Ces macarons sont vraiment délicieux.

— Il me semble avoir lu qu'en France tu ne peux pas déshériter tes enfants.

— Intéressant…, concède Julia.

Julia et moi commençons à rêver.

Julia imagine quitter Houston pour aller vivre à Paris. Fini Houston et son humidité ! Fini le Texas et ses idées rétrogrades sur l'environnement et le droit des femmes !

Et moi, j'imagine avoir une amie propriétaire d'un appartement à Paris !

— Cet appartement a une valeur d'un million deux cent cinquante mille euros ! dis-je. C'est beaucoup de dollars. Tu devrais peut-être consulter un avocat.

— Bonne idée !

Tout à coup, je sursaute. Odette est juste à côté de moi. Je ne l'ai pas entendue entrer dans le salon.

— J'ai fini la préparation du dîner, dit-elle. Souhaitez-vous autre chose ?

— Non merci, dit Julia.

— Très bien, alors je vais rentrer chez moi.

— Merci beaucoup, Odette, ajoute Julia.

Bonne soirée.

— Bonne soirée mesdames, dit-elle.

Odette disparaît du salon aussi silencieusement qu'elle est entrée. Julia et moi ne parlons plus. Nous voulons écouter ce qu'elle fait. Dans la cuisine, Odette ouvre et ferme le réfrigérateur. Elle démarre ensuite le lave-vaisselle. Quelques minutes plus tard, elle passe devant le salon sans nous regarder. Elle ouvre la porte d'entrée et sort de l'appartement. Elle ferme ensuite les quatre serrures de la porte blindée.

— Enfin tranquille, soupire Julia en enlevant son bandana.

— Tu penses qu'elle a entendu notre conversation sur l'appartement ? je lui demande inquiète.

— Je ne sais pas, dit Julia. Je ne l'espère pas. Elle va penser que nous sommes ici pour l'argent.

Exercice du chapitre 13

L'appartement du 179 rue Lepic est dans la famille depuis trois générations. Les grands-parents de Julia et de Blanche l'ont acheté en 1937.

Voici une liste de vocabulaire de la famille. Trouvez le mot féminin correspondant :

mon père, ma _____

mon oncle, ma _____

mon cousin, ma _____

mon grand-père, ma _____

mon frère, ma _____

mon fils, ma _____

mon parrain, ma _____

mon filleul, ma _____

Chapitre 14

Après une longue douche, je retrouve Julia dans le salon. Elle est devant la bibliothèque. Elle lit les titres des livres de sa tante. L'assiette de macarons sur la table basse est maintenant complètement vide.

— Cela fait du bien de prendre une bonne douche, dis-je. L'eau était d'une température parfaite.

Mais Julia ne m'entend pas. Elle est complément absorbée par la lecture.

— Tu trouves des livres intéressants ?
— Mon Dieu ! dit-elle bouleversée.
— Qu'est-ce que tu as trouvé ? Fais voir.

Je m'approche de la bibliothèque et commence à lire les titres des livres.

— La cuisine du sud de la France, Les recettes de poissons de la Méditerranée, 365 recettes faciles… Ta tante aimait manger !
— Pas ces livres, dit Julia, ceux-là.

Je vais sur la droite de la bibliothèque et recommence à lire.

— Le bonheur de la femme au foyer...
— Non, répète Julia, pas ces livres, ceux-là.

Je me déplace encore plus vers l'extrême droite de la bibliothèque et recommence à lire.

— *L'homosexualité est un péché, Un enfant doit avoir une mère et un père, Non à l'adoption monoparentale, L'hérésie de l'Interruption Volontaire de Grossesse...*

Il y a une douzaine de livres dans le même style.

— Je ne pensais pas voir des livres comme ceux-là en France, dit Julia en colère.
— Moi non plus, dis-je.
— Ce ne sont pas ces livres que je vais ramener à Houston !
— Écoute, je lui dis, va prendre une bonne douche pour te changer les idées. Rendez-vous dans la cuisine... Je vais essayer de trouver une bonne bouteille de vin.

Julia doit penser que ma suggestion est bonne car elle part du salon, abandonnant son bandana sur le canapé.

Je ramasse l'assiette vide de macarons et je vais dans la cuisine à la recherche d'une petite bouteille de vin. J'ouvre le premier placard. Il est rempli de boîtes de conserves, principalement des boîtes de petits pois et de haricots verts. Dans le deuxième placard, je trouve des paquets de riz, des paquets de pâtes et un sachet de chips. Je le prends car j'adore les chips. J'ouvre le sachet et commence à grignoter.

— Alors, qu'est-ce que je cherche déjà ? je me demande. Ah oui, une bouteille de vin.

J'ouvre le placard près du frigo. Victoire ! Je trouve une bouteille de vin de Bordeaux presque vide à côté des pots de confiture.

— Maintenant, je veux un verre…
— Quoi ? Un revolver ? me demande Julia qui vient juste d'arriver dans la cuisine.
— Mais non, je cherche un verre… pour le vin. Julia, tu deviens sourde comme Odette !

Exercice du chapitre 14

Dans la bibliothèque de l'appartement, il y a beaucoup de livres de recettes.

Voici une recette facile pour faire des crêpes.

Malheureusement, il y a cinq fautes d'orthographe. Pouvez-vous les trouver ?

Pour faire des crêpes, il faut :

- 100 grammes de farine (3/4 de cup)
- deux œufs
- 250 millilitres de lait (1 cup)
- un peu de beurre
- une pincée de sel

Mettez la farine et le sel dans un grande bol. Ensuite, ajouter les œufs et le lait. Mélangez biens. Vous dever obtenir une pâte homogène et épaisse.

Maintenant il faut laisser reposer la pâte pendant une heure.

Pour la cuisson :

Utilisez une poêle plate. Il faut bien chauffer la

poêle. Quand la poêle est chaude, mettez du beurre dans la poêle puis versez un peu de pâte. Attendez un peu, et retournez la crêpe. Voilà, la crêpe est cuite.

Vous pouvez manger les crêpes avec de le sucre, de la confiture ou de la crème Chantilly.

Bon appétit !

Chapitre 15

Le lendemain matin, nous nous réveillons juste avant huit heures du matin.

— Tu as bien dormi, Julia ?
— Oui, assez bien. Et toi ?
— Moi aussi. Mais j'ai fait un rêve étrange.
— Vraiment ? Raconte-moi.

Je me lève et j'ouvre la fenêtre au moment où les cloches de la Basilique du Sacré-Cœur commencent à sonner. La cousine de Julia a raison. On se croirait vraiment à la campagne. C'est absolument merveilleux !

— J'ai rêvé que j'étais dans un cirque. Je travaillais avec des lions et des girafes.
— Bizarre... Alice, je pense que tu as besoin d'un bon café. On va dans la cuisine ?
— D'accord. Allons-y !

La cuisine est vide. Odette n'est pas encore arrivée. Nous trouvons facilement la cafetière électrique, les filtres et le café moulu. Quelques minutes plus tard, la cuisine sent bon le café.

Nous sommes à table quand nous entendons les

quatre serrures de la porte d'entrée s'ouvrir.

— Bonjour ! Il y a quelqu'un ?

Je reconnais tout de suite la voix de Blanche.

— Nous sommes dans la cuisine, Blanche.

Elle a dans les mains un petit sac en papier blanc.

— Je vous ai apporté des croissants. Vous aimez ça, j'espère.

— On adore. Merci beaucoup, dit Julia. C'est très gentil.

— Mais c'est parfaitement normal, vous êtes mes invitées.

Blanche porte une chemise beige et un pantalon bleu. Et elle a autour de son cou le foulard Hermès qu'elle portait hier. Cette fois, il est plié différemment. Maintenant, le lion et la girafe semblent se regarder.

— Vous avez bien dormi ? demande Blanche.

— Nous avons très bien dormi, répond Julia. L'appartement est très silencieux.

— C'est parce que les voisins du troisième

étage sont partis en vacances. Tous les ans, ils partent à Annecy rendre visite à leur fille.

— Quelle chance, dis-je. Je ne connais pas cette ville. J'aimerais y aller.

Blanche ouvre un des placards. Elle prend une assiette en porcelaine et y dépose les croissants.

— Odette n'est pas ici ? demande-t-elle surprise.

— Non, dis-je. Il n'y avait personne dans la cuisine ce matin.

— C'est extrêmement inhabituel. Odette n'est jamais absente.

Blanche dépose l'assiette sur la table.

— D'habitude, elle commence tous les matins à huit heures. J'espère qu'il ne lui est rien arrivé.

Exercice du chapitre 15

Odette commence tous les matins **à** huit heures. Mais aujourd'hui, elle est en retard. Elle **a** peut-être pris un jour de vacances ?

Complétez les phrases suivantes avec a (le verbe avoir) ou à (la préposition.)

1. Alice aide son amie Julia _____ préparer le petit-déjeuner.

2. Odette _____ peut-être besoin de se reposer.

3. Blanche _____ acheté des croissants _____ la boulangerie.

4. Julia _____ des tatouages sur les jambes.

5. Alice préfère Paris _____ Houston.

6. Alice et Julia se sont réveillées _____ 7 heures 30.

7. Blanche _____ raison.

8. On se croirait vraiment _____ la campagne.

9. Alice aime visiter Paris _____ pied.

10. Julia _____ bien dormi.

Chapitre 16

— Ces croissants sont délicieux, dis-je.

— C'est vrai, ils sont super bons, ajoute Julia. Vous en voulez un, Blanche ?

— Je ne mange des croissants que le dimanche matin, répond Blanche. C'est mon petit rituel du dimanche, ma petite tradition. Mais bon, aujourd'hui est une journée particulière. Je vais me laisser tenter. Juste un petit morceau…

Blanche attrape sur l'assiette une petite miette de croissant.

— Il est presque neuf heures maintenant, dit-elle en regardant sa montre. Je m'inquiète vraiment pour Odette.

Au même moment, on frappe à la porte.

— C'est peut-être elle. Je vais ouvrir, dit Blanche.

On entend Blanche ouvrir la porte d'entrée, puis une voix d'homme, puis les aboiements d'un petit chien.

— C'est probablement le voisin du dessous, dis-je en finissant mon croissant.

Julia se lève et commence à débarrasser la table. Je lui fais signe de faire moins de bruit car je veux écouter la conversation entre Blanche et son voisin.

— Non, absolument non ! dit Blanche d'un ton sec.

— Écoutez au moins ma dernière proposition, madame de Monceau. Je vous propose d'acheter l'appartement de votre mère pour un million cinq cent mille euros !

— Je ne vous vendrais jamais cet appartement. Au revoir et bonne journée, monsieur Trimont.

Les cheveux de Blanche sont décoiffés quand elle revient dans la cuisine.

— Cet homme est vraiment impossible !

— Vraiment ? dit Julia.

— Il me propose encore plus d'argent pour l'appartement de maman. Mais je lui ai dit non, absolument non.

— Les hommes ont souvent des difficultés à comprendre le mot « non », dit Julia.

Blanche met un gros morceau de croissant dans sa bouche.

— Mon Dieu ! Je préfèrerais mourir plutôt que de lui vendre l'appartement de maman.

Blanche ouvre maintenant le placard près du frigo. Elle pousse les pots de confiture.

— Mais où est-ce que Odette a mis…
— Vous cherchez quelque chose, Blanche ? je demande.
— Je cherche la bouteille de Château Mouton Rothschild 2019 qui était là hier. J'ai besoin d'un petit verre. Cet homme m'a stressée. En plus, si nous devons ranger les photos dans la chambre de maman, j'ai besoin d'un verre pour me donner du courage !

Je me souviens tout à coup de notre dîner hier soir.

— Blanche, Julia et moi avons fini cette bouteille de vin hier soir. Elle était presque vide. Nous sommes désolées.
— Ce n'est pas grave. Je vais en chercher une autre à la cave.
— Vous avez une cave ? demande Julia.

— Oui bien sûr, répond Blanche surprise par cette question qu'elle trouve stupide.

Blanche attrape une grande clé noire dans un des tiroirs. Sur cette clé est écrit le numéro six.

— C'est la clé du paradis, nous dit Blanche.
— Je viens avec vous, dit Julia. Je voudrais voir la cave à vin d'une Française et ensuite je veux faire des courses. J'aimerais acheter un avocat.
— Un avocat ? dit Blanche surprise.
— Je mange un sandwich à l'avocat tous les midis. C'est mon petit rituel, ma petite tradition à moi.

Je pense entendre un peu de sarcasme dans la voix de mon amie.

Exercice du chapitre 16

Blanche a besoin d'un petit verre de Château Mouton Rothschild 2019. (Je la comprends.)

Quelle est la bonne orthographe de ces nombres ?

a) 320

1. Trois cent vingts
2. Trois cents vingt
3. Trois cent vingt

b) 581

1. cinq cent quatre-vingts et un
2. cinq cents quatre-vingts-un
3. cinq cent quatre-vingt-un

c) 2022

1. deux milles et vingt-deux
2. deux mille vingt-deux
3. deux mille et vingt-deux

d) 1080

1. mille quatre-vingts
2. mille vingt-quatre
3. un mille quatre-vingt

e) 1 000 211

1. un million deux cent onze
2. million deux cents onze
3. million deux cent onze

Chapitre 17

Je suis seule dans l'appartement. Blanche et Julia sont descendues à la cave et Odette n'est toujours pas là.

Je finis tranquillement ma tasse de café dans le salon en pensant que j'aimerais tellement vivre à Paris !

Je peux imaginer facilement vivre dans cet appartement. Tous les matins j'ouvrirais la fenêtre du salon et je regarderais la basilique du Sacré-Cœur. Ensuite, je marcherais dans le quartier de Montmartre. Je passerais devant le Moulin-Rouge sans oser y entrer. Ensuite j'irais Place Dalida observer la statue de cette chanteuse célèbre. Puis je me baladerais au cimetière de Montmartre et je resterais silencieuse devant la tombe de l'écrivain Émile Zola et celle du peintre Edgar Degas. Enfin, vers midi, je mangerais une soupe à l'oignon Chez Eugène, la brasserie place du Tertre. Le paradis !

Mais il me faut retomber sur terre et arrêter de rêver. J'habite à Houston où les alligators sont aussi nombreux que les pigeons à Paris.

Je commence à ranger le salon. Je dépose les trois verres d'eau dans l'évier de la cuisine. Je regarde l'heure sur le micro-ondes. Blanche est partie chercher du vin il y a plus de 20 minutes. Elle n'est toujours pas remontée. Je ne m'inquiète pas. Elle a peut-être rencontré son pot de colle de voisin, monsieur Trimont.

Dans le salon, je remets correctement les coussins du canapé. Je nettoie la table basse. Blanche a laissé le précieux album de photos sur son fauteuil.

Je m'assois et je commence à le regarder.

Quelle chance elle a d'avoir un album de photos comme celui-ci. Moi, je n'ai absolument aucune photo de ma famille. Elles ont toutes été détruites lors du passage de l'ouragan Harvey en 2017. Je préfère oublier cet événement douloureux.

Je regarde les photos en noir et blanc des grands-parents de Julia et de Blanche. J'adore voir les vêtements de l'époque. La maman de Françoise et Bernadette porte de belles robes avec de la dentelle. Le père a toujours un chapeau sur la tête. Les deux filles, Françoise et Bernadette, sont toujours souriantes.

J'entends la porte d'entrée s'ouvrir.

— Je n'ai pas trouvé d'avocat, dit Julia dans le couloir de l'appartement.
— Je suis dans le salon, je lui dis.

Julia arrive au salon. Son bandana est noué autour de son bras droit. Il y a un peu de sang dessus. Je la regarde surprise.

— Quelle matinée ! Je suis tombée dans l'escalier de la cave. Et ensuite, impossible de trouver un avocat. Le magasin d'alimentation dans la rue ouvre seulement à dix heures du matin.
— Viens avec moi dans la salle de bains, je vais nettoyer ton bras.
— Ce n'est pas grave, Alice. Ce dont j'ai vraiment besoin, c'est un petit verre de vin. Blanche m'a fait visiter sa cave. C'était génial !
— Tu ne vas pas boire du vin maintenant. Il n'est que neuf heures quarante-cinq !
— Mais il est seize heures quarante-cinq à Houston ! En plus, Blanche a choisi dans sa cave une bouteille de Vin du Clos Montmartre 2013. Le vignoble se trouve ici à Montmartre. C'est incroyable, non ? J'ai hâte de le goûter.

Je fais signe à Julia de s'asseoir sur le canapé.

— Il va falloir attendre car Blanche n'est toujours pas revenue de la cave.

— Elle n'est pas revenue ? demande Julia surprise. Mais elle est partie il y a plus de trente minutes.

Tout à coup, on entend frapper très fort plusieurs fois sur la porte.

Exercice du chapitre 17

Comme beaucoup de Français, Blanche aime le vin. Voici quelques questions faciles sur le vin. Répondez à ces questions par vrai ou par faux.

1. J'utilise un tire-bouchon pour ouvrir ma bouteille de vin.

   Vrai ou Faux

2. La vigne est le nom de la plante sur laquelle pousse le raisin.

   Vrai ou Faux

3. La récolte du raisin s'appelle les vendanges.

   Vrai ou Faux

4. Au restaurant, on ne peut pas commander un verre de vin.

Vrai ou Faux

5. « De la piquette » c'est un nom donné à un vin de mauvaise qualité.

Vrai ou Faux

Chapitre 18

— Ouvrez, ouvrez, dit un homme derrière la porte.

Je reconnais tout de suite la voix de monsieur Trimont, le voisin du premier étage. J'ouvre rapidement la porte. Heureusement, Julia n'a pas fermé les quatre serrures quand elle est revenue tout à l'heure sans avocat. Monsieur Trimont porte un t-shirt et pantalon jaune. Il ressemble à un pot de moutarde.

— Bonjour, monsieur. Je m'appelle Alice, je dis pour me présenter. Je suis…

Je m'arrête de parler car je remarque tout de suite que cet homme est terrifié. Il respire bruyamment et il est blanc comme le sucre.

— Que se passe-t-il ? demande Julia qui vient d'arriver.

Monsieur Trimont a du mal à reprendre sa respiration.

— Il y a eu… Il y a eu un accident horrible dans

la cave… dit-il.

Il nous fait signe de le suivre. Nous descendons l'escalier derrière lui. Au premier étage, on entend le petit chien aboyer.

— Marie-Cécile, à la niche ! ordonne monsieur Trimont en passant devant sa porte.

La petite chienne se tait immédiatement. Nous continuons à descendre. Julia est devant moi. Sur les jambes de mon amie, le visage de RGB reste stoïque. Cela me donne du courage.

Au rez-de-chaussée, monsieur Trimont ouvre une petite porte sans charme.

— Nous allons au sous-sol, nous dit-il.

Au-dessus de la porte, il appuie sur l'interrupteur pour allumer l'accès aux caves. J'entends tic, tic, tic…Ce type de lumière fonctionne sur une minuterie. L'électricité coûte chère en France. Nous descendons lentement l'escalier.

— Attention, ça glisse ici, me prévient Julia.

Il fait de plus en plus froid. Une fois l'escalier

descendu, nous passons devant des portes en bois. Elles sont fermées par de simple cadenas. Sur chaque porte, on peut lire un chiffre : 2, 4...

— Il y a combien de caves ?
— Il y a six caves privées, deux par appartement et deux grandes caves communes, répond monsieur Trimont.
— C'est un vrai gruyère ! dit Julia pour plaisanter et détendre un peu l'atmosphère.

Nous restons silencieux.

— Un gruyère parce qu'il y a beaucoup de trous, ajoute-t-elle.

Au sous-sol, l'odeur est différente que dans les étages. Et devant la porte numéro cinq, l'odeur est très différente.

— Monsieur Trimont, je demande, qu'est-ce que ça sent ?
— Ça sent les champignons, il dit d'une voix plus calme. Je fais pousser différents types de champignons dans ma cave, ajoute-t-il. C'est le climat idéal.
— Vraiment ? dit Julia soudainement très intéressée, quel type de champignons ?

Mais il ne répond pas. Il nous montre de la main la porte un peu plus loin, la porte numéro 6. Elle est entrouverte. Je la pousse avec le pied. Les premières choses que je vois sont les chaussures de Blanche. Les belles chaussures beiges aux semelles rouges.

Nous nous approchons un peu plus. Il y a ici une forte odeur de vin. Blanche est sur le sol. Elle est immobile. Ses lèvres sont bleues. Son foulard Hermès est serré autour de son cou.

— Blanche ? Blanche ? appelle Julia.

Mais Blanche ne bouge pas.

Juste à ce moment-là, la lumière s'éteint.

Exercice du chapitre 18

Blanche est retrouvée étranglée avec son foulard Hermès.

Voici quelques questions sur ce foulard mythique. Connaissez-vous les réponses ?

a. Quelle est la forme d'un foulard Hermès ?

- un carré
- un rectangle
- un rond

b. En quelle année a été inventé le foulard Hermès ?

- en 1735
- en 1890
- en 1937

c. Quelles sont les dimensions typiques des foulards Hermès ?

- 40 cm (16 inch) x 40 cm (16 inch)
- 60 cm (24 inch) x 80 cm (30 inch)
- 90 cm (35 inch) x 90 cm (35 inch)

d. Quelle longueur de fil de soie est utilisée pour fabriquer un foulard Hermès ?

- 4 kilomètres (2,5 miles)
- 45 km kilomètres (28 miles)
- 450 km kilomètres (280 miles)

e. Dans quel film Meryl Streep achète beaucoup de foulards Hermès ?

- Les filles du Docteur March
- Le diable s'habille en Prada
- Mamma Mia !

Chapitre 19

— Mon Dieu ! crie Julia.

— Ne touchez à rien, je dis.

— Je veux sortir de là, pleure monsieur Trimont.

Nous remontons l'escalier grâce à la lumière du téléphone portable de Julia. Nous montons les marches quatre à quatre.

Quelques secondes plus tard, nous entrons essoufflés dans l'appartement de Blanche.

— Mon Dieu ! Quelle horreur, dit Julia.

Odette est là. Elle passe tranquillement l'aspirateur dans le couloir. Elle a dû arriver dans l'appartement quand nous étions dans la cave. Elle éteint l'aspirateur électrique avec son pied et nous regarde surprise.

— Qu'est-ce qui se passe ? demande-t-elle. Vous avez vu le diable ?

— Il est arrivé un accident à madame de Monceau, lui dit le voisin. Elle est dans la cave…

Nous n'avons pas de temps pour lui donner plus d'explications. Nous devons appeler la police immédiatement.

— Je ne comprends pas, dit Julia frustrée. Le numéro de la police ne fonctionne pas.

Je remarque que les mains de mon amie tremblent.

— Quel numéro avez-vous fait ? lui demande monsieur Trimont.
— Le 911, dit-elle.

Le voisin la regarde, hausse les yeux au ciel et commence à lui parler comme on parle à un enfant.

— Madame, vous n'êtes pas aux États-Unis, vous êtes en France ! Ici pour appeler la police, on fait le 17 ! Vous comprenez ?

Julia prend une grande inspiration pour se calmer. Elle déteste qu'un homme lui donne des explications comme si elle avait dix ans. Pour être honnête, je ne connais pas une seule femme qui aime ça.

— Ce n'est pas nécessaire de me mecspliquer

ou de me pénispliquer comme on dit au Québec, lui dit Julia d'un ton sec. J'ai compris.

Sur la jambe de Julia, je pense voir le visage de RBG qui sourit.

Julia numérote une deuxième fois le numéro de la police sur son téléphone.

— Allô ?

— Commissariat de police du 18e arrondissement, j'écoute, dit une voix de femme.

— C'est une urgence, crie Julia. Une femme étranglée avec son foulard… Elle est sur le sol dans sa cave… Elle ne respire pas. Venez vite, s'il vous plaît… 179 rue Lepic.

Moins de cinq minutes plus tard, on peut entendre la sirène d'une voiture de police.

Je cours vers la fenêtre et je l'ouvre. L'air frais entre dans le salon. Une voiture de police se gare devant la porte de l'immeuble. Vue d'en haut, elle semble minuscule, riquiqui. Pourtant quatre policiers, trois hommes et une femme, sortent de cette voiture.

Exercice du chapitre 19

Alice, Julia et monsieur Tremont ont trouvé Blanche étranglée dans sa cave. Ils doivent vite prévenir la police alors montent les marches de l'escalier quatre à quatre. L'expression « quatre à quatre » veut dire « rapidement, à toute vitesse. »

Complétez ces expressions avec le bon chiffre (zéro, un, deux, trois et quatre.)

avoir le moral à _____

avoir _____ mains gauches

avoir le cul entre _____ chaises

manger comme _____

à un de ces _____

couper les cheveux en _____

prendre son courage à _____ mains

jamais _____ sans _____

se mettre en _____

être plié en _____

Chapitre 20

La commissaire de police est assise sur le canapé du salon. Les trois autres policiers sont dans la cave avec le corps de Blanche.

— Reprenons depuis le début, dit-elle en regardant Julia. Qui êtes-vous par rapport à madame Blanche de Monceau ?

Cela fait trois fois que Julia répète son histoire. Mon amie commence à perdre patience.

— Je suis sa cousine. Blanche m'a contactée pour que je l'aide à trier des photos.
— Et où habitez-vous ?
— J'habite à Houston au Texas. Comme mon amie, Alice Hunt.
— Et pourquoi êtes-vous à Paris ?

Depuis dix heures ce matin, la commissaire nous interroge. Odette, monsieur Trimont, Julia et moi en avons assez. Comme nous tous, Julia est très fatiguée. Je décide donc de venir à son aide.

— Nous avons été invitées par madame Blanche de Monceau. Sa mère, madame Bernadette de Monceau, et la mère de Julia, madame Françoise Strong, sont sœurs. Julia est la cousine américaine de Blanche.

— Si j'ai bien compris, madame Blanche de Monceau et madame Julia Strong sont cousines. C'est bien cela ?

— Oui, c'est exactement cela, soupire Julia.

— Mais pourquoi madame de Monceau vous a-t-elle invitée à Paris ?

— Pour l'aider à trier des photos de famille, je lui réponds d'une voix calme.

— Madame de Monceau n'a pas d'enfants ou un mari pour l'aider ?

Julia se met à rire.

— Un mari pour l'aider ! Vous êtes vraiment très amusante, madame la commissaire.

Par expérience, je sais que les policiers n'ont pas un grand sens de l'humour.

— Blanche n'était pas mariée et elle n'avait pas d'enfant, je continue.

— Donc, dit la commissaire, madame Blanche de Monceau vous a invitée pour trier des photos de famille dans l'appartement de sa mère. C'est bien ça ?

— Oui, enfin presque… L'appartement appartient à madame Blanche de Monceau. Elle en a hérité à la mort de sa mère Françoise… Non. Je veux dire à la mort de sa mère Bernadette.

Je commence à dire des bêtises. Il est treize heures et nous n'avons toujours pas déjeuné. Mon estomac se met à gargouiller.

— Madame Blanche de Monceau a donc hérité de l'appartement de sa mère. Et madame Blanche de Monceau n'a ni enfant, ni mari. C'est bien ça ?

— Oui, c'est exactement cela, soupire Julia.

— Alors, ma question est la suivante : qui va hériter de cet appartement ? demande la commissaire de Police en regardant Julia puis la basilique du Sacré-Cœur.

Je remarque que Julia a mis son bras droit derrière son dos. C'est le bras qu'elle a blessé ce matin.

Exercice du chapitre 20

Julia est interrogée par la commissaire de police.
Voici un résumé de l'interrogatoire.

Malheureusement, il y a 6 fautes d'orthographes dans ce texte. Pouvez-vous les trouver ?

Je m'appelle Julia Strong. Je suis la cousin de madame Blanche de Monceau qui a été retrouvée étranglée dans sa cave. J'habite à Houston en Texas. Je suis bibliothécaire. Je suis célibataire et j'ai sans enfant.

J'ai été invitée à Paris par ma cousine. Sa mère, madame Bernadette de Monceau et ma mère madame Françoise Strong son des sœurs. Madame Bernadette de Monceau est mort. Blanche a hérité de l'appartement au 179 rue Lepic. Je doigt aider Blanche à trier des photos de famille.

Chapitre 21

— Madame Julia Strong, je vous accuse d'avoir étranglé madame Blanche de Monceau avec un foulard Hermès, dit la commissaire.

— Mais enfin ce n'est pas possible ! conteste Julia.

La policière se lève du canapé et commence à marcher en rond dans le salon.

— Madame Strong, toutes les informations que j'ai récoltées aujourd'hui pointent vers vous. Premièrement, Odette, femme de ménage de madame de Monceau vous a entendue hier vous émerveiller sur cet appartement et parler de contacter un avocat.

— C'est vrai mais…

— Vous avez pensé que tuer votre cousine serait la manière la plus facile pour devenir propriétaire !

— Mais absolument pas, se défend Julia.

La commissaire marche maintenant de façon aléatoire dans le salon.

— Et donc, continue-t-elle, avec la mort de

votre cousine, madame Blanche de Monceau, une femme célibataire et sans enfants, vous devenez rapidement la propriétaire de l'appartement. Bien joué !

Julia est rouge de colère.

— Mais comment pouvez-vous dire…
— Troisièmement, continue la commissaire qui maintenant regarde les livres de la bibliothèque, vous êtes la dernière personne à avoir vu la victime vivante. Quatrièmement, vous n'avez aucun alibi. Cinquièmement, j'ai remarqué qu'il y a du sang sur votre bras droit. Votre cousine a dû résister et vous griffer. Sixièmement, Blanche de Monceau est tuée le lendemain de votre arrivée. Une coïncidence ? Je ne le pense pas. Septièmement et dernièrement, le foulard Hermès autour du cou de madame de Monceau est noué avec un nœud cowboy. Et vous habitez au Texas. C'est clair comme de l'eau d'Évian, madame Strong. Vous êtes coupable !

La commissaire sourit. Elle a trouvé la meurtrière en un temps record ! Elle va pouvoir rentrer tôt chez elle et se décontracter en regardant un ou deux épisodes de la série Lupin sur Netflix.

Les policiers arrivent dans le salon. Ils parlent forts. Tous les trois sentent le vin. Ils ont dû goûter à plusieurs bouteilles dans la cave.

— Madame Julia Strong, vous êtes en état d'arrestation. Messieurs, dit-elle aux policiers en montrant Julia, passez-lui les menottes.

— Mais c'est une erreur, dit Julia. Je suis innocente !

Un des policiers titube jusqu'à Julia et lui passe les menottes. La commissaire se tourne vers moi.

— Madame Hunt, pouvez-vous me donner le passeport de votre amie ? J'en ai besoin pour faire mon rapport.

Mon amie Julia me regarde effrayée. Mais moi, je reste calme. Ce n'est pas mon premier rodéo, comme on dit au Texas. J'ai déjà été accusée plusieurs fois de crime en France.

— Où est ton passeport ? je demande à Julia.
— Dans ma valise, dit-elle.

Je vais dans notre chambre. J'ouvre sa valise et trouve son passeport entre un t-shirt et un petit livre emprunté à la bibliothèque de Houston.

Le livre attire mon attention. Il s'appelle *100 façons de nouer son foulard. Apprenez à faire le nœud bobine, le nœud bretzel… et le nœud cowboy.*

Exercice du chapitre 21

La commissaire de police veut le passeport de Blanche.

Voici plusieurs dates de validité de passeport. Pouvez-vous écrire ces dates en toutes lettres ? Par exemple :
8/03/2001
le huit mars deux mille un

5/05/2005

10/06/2010

11/09/2018

20/01/2020

7/12/2006

Chapitre 22

Julia est partie au commissariat du 18ᵉ arrondissement avec les quatre policiers. Ils ont tous les cinq réussi à entrer dans la petite voiture de police. Un miracle !

Je suis maintenant seule. Odette, fatiguée par l'interrogatoire, a décidé d'aller se reposer dans son petit appartement. Monsieur Trimont aussi est rentré chez lui. Il voulait retrouver au plus vite sa petite chienne Marie-Cécile.

— Elle n'a pas l'habitude de rester seule aussi longtemps, a-t-il dit. Elle va me le faire payer. Je vais retrouver une petite crotte ou deux sur mon tapis persan. C'est certain !

Je regarde ma montre. Il est presque quatorze heures. Je suis affamée. Je vais dans la cuisine. J'ouvre le réfrigérateur et je trouve à l'intérieur un peu de salade de betteraves, un morceau de camembert de Normandie et une pomme.

— Est-ce que Julia a tué sa cousine Blanche ? je dis à haute voix. Est-elle coupable ? Malheureusement, tout pointe vers mon amie.

J'attrape la salière et la pose couchée sur la table de la cuisine. Un peu de sel tombe sur la nappe. Cette salière représente Blanche allongée dans la cave.

Je prends ensuite le poivrier. Il est grand et solide. Il représente Julia. Je le place devant moi sur la table de la cuisine.

— C'est indéniable, Julia bénéficie de la mort de sa cousine car elle va hériter de l'appartement du 179 rue Lepic.

Je rapproche le poivrier de la salière.

— Je connais Julia depuis plus de dix ans. C'est ma collègue et mon amie. Je ne peux pas l'imaginer tuer une femme pour un appartement ou de l'argent.

J'éloigne donc le poivrier de la salière.

J'attrape maintenant le pot de moutarde de Dijon. Il représente monsieur Trimont.

— Monsieur Trimont aussi bénéficie de la mort de Blanche. Il a besoin d'un appartement plus grand pour vivre avec son mari Gilles. Blanche ne voulait absolument pas le lui vendre. En plus, c'est monsieur Trimont qui a trouvé le corps de Blanche dans la cave. Il aurait pu l'étrangler puis monter au deuxième étage nous prévenir.

Je regarde le pot de moutarde de Dijon avec intensité.

— Monsieur Trimont a dit à la commissaire qu'il était descendu à la cave avec Marie-Cécile sa petite chienne pour prendre quelques champignons pour son déjeuner. C'est en entendant Marie-Cécile aboyer qu'il a réalisé qu'il y avait un problème dans la cave numéro 6. Son histoire est plausible.

J'attrape maintenant le pot de moutarde à l'ancienne. Il représente Odette.

— Odette aussi bénéficie de la mort de Blanche. Blanche ne voulait pas la garder. Odette risque de perdre son travail et son petit appartement. Ce matin, Odette était en retard. Elle aurait pu se cacher dans la cave et attendre patiemment que Blanche vienne chercher une bouteille de vin. Elle savait que la bouteille de vin dans le placard était presque vide. En tuant Blanche, Odette savait aussi que les soupçons se porteraient certainement sur Julia, la cousine américaine.

Je rapproche la moutarde à l'ancienne de la salière.

— J'ai entendu Odette accuser Julia. Elle a dit à la commissaire : « les Américaines adorent Paris. Elles sont prêtes à tout pour avoir un appartement ici ! »

Après mon déjeuner, je décide de ranger la table de la cuisine. Je remets la salière à la verticale. Je mets la moutarde de Dijon et la moutarde à l'ancienne dans le réfrigérateur.

Une fois la table débarrassée, je retourne au salon. Sur la table basse, je prends le précieux album de photos. C'est vraiment un trésor ! Mais je ne comprends pas exactement pourquoi Bernadette a gardé ces photos dans le coffre-fort de sa banque et pas les autres photos.

Sur la première photo de l'album, je peux voir Françoise, la mère de Julia. Elle est sur les marches de la basilique du Sacré-Cœur. Elle a peut-être dix ans sur la photo. Françoise a un bébé dans les bras. Ce n'est pas Bernadette car Bernadette a trois ans de moins que sa sœur Françoise. Mais qui est ce bébé ?

Mais tout à coup je comprends tout. Je sais qui a tué Blanche !

Exercice du chapitre 22

Alice sait qui a tué Blanche. Ici on utilise le verbe savoir et pas le verbe connaître.

Pouvez-vous compléter ces phrases avec le verbe savoir ou le verbe connaître ?

1. Monsieur Trimont _____ qu'il va retrouver une petite crotte ou deux sur son tapis persan.

2. Alice _____ les policiers français.

3. Blanche _____ les vins français.

4. Odette _____ bien cuisiner.

5. Les Américaines _____ le Sacré-Cœur à Paris.

6. Alice _____ que Julia est innocente.

7. Julia ne _____ pas bien Blanche, sa cousine française.

8. Alice _____ pourquoi Blanche a été tuée.

Chapitre 23
Le lendemain

Nous sommes au restaurant Sacrée Fleur, pas très loin du commissariat du 18e arrondissement. Julia ne commande pas de sandwich à l'avocat pour son déjeuner. Elle commande à la place une soupe à l'oignon, une assiette de cuisses de grenouilles, et une côte de bœuf.

— Tu ne peux pas savoir comme je suis contente d'être en liberté ! dit Julia en buvant un peu de champagne.

— J'espère que ces dernières vingt-quatre heures n'ont pas été trop difficiles pour toi.

— Je préfère les oublier, dit-elle. Mais raconte-moi Alice, comment as-tu fait pour découvrir qui a tué Blanche ?

Je regarde sur notre table et attrape la salière, le poivrier et la moutarde de Dijon. Au même moment, le serveur arrive avec ma douzaine d'escargots.

— Merci monsieur, je lui dis. Est-ce que je peux avoir de la moutarde à l'ancienne, s'il vous plaît ?

Il me regarde interloqué.

— Mais madame, les escargots ne se mangent pas avec de la moutarde.

— Je sais mais j'en ai besoin, je lui réponds.

— Les Américains sont fous, dit-il en levant les yeux au ciel.

Il revient quelques instants plus tard avec un gros pot de moutarde à l'ancienne.

— Vous désirez aussi du ketchup, madame ? dit-il résigné.

— Non merci.

J'attrape le pot de moutarde.

— Voici Odette, je dis à Julia en posant le pot sur la table.

— Le pot de moutarde s'appelle Odette, j'aurai tout vu ! dit notre serveur avant de partir vers une autre table. Les Américains sont vraiment de plus en plus fous !

J'attrape la salière.

— Et voici Blanche, je continue. Toi, Julia, tu es le poivrier. Monsieur Trimont est la moutarde de Dijon. Tu visualises bien tous les personnages ?

— Oui, dit-elle. J'adore être le poivrier.

— Je le savais ! je dis en souriant.

Pendant dix minutes, je décris à Julia la chronologie de toutes ces personnes le matin du meurtre.

— Monsieur Trimont se prépare pour aller dans la cave chercher des champignons avec sa chienne Marie-Cécile. Odette est en retard pour le travail. Elle est peut-être dans son appartement ou autre part. Et toi, Julia, tu es dans la cave avec Blanche puis tu pars à la recherche d'un avocat.

— Le fruit bien sûr, dit-elle, pas un avocat juriste !

Je prends mon sac à main et en sors une veille photo.

— Tu te souviens de l'album photos gardé précieusement dans le coffre-fort de la banque de la mère de Blanche ? je demande.

— Oui très bien, dit Julia.

— Tu te souviens de cette photo de ta mère devant la basilique ?

— Oui, elle a un bébé dans les bras.

— Eh bien, c'est grâce à cette photo que j'ai trouvé la vérité.

Exercice du chapitre 23

Alice a découvert qui a tué Blanche. Alice est intelligente. C'est normal, c'est une bibliothécaire !

Voici 10 mots appartenant au vocabulaire d'une affaire policière.

Pouvez-vous trouver la bonne traduction ?

coupable	evidence
un témoin	a murderer
un indice	to confess
une preuve	to suspect
avouer	a body
soupçonner	guilty
un corps	a clue
un assassin	a witness

Chapitre 24

Je donne la photo à Julia.

— Si tu regardes bien, tu peux voir un grain de beauté sur le mollet du bébé. Le même grain de beauté que celui sur ton mollet et que celui sur le mollet de ta mère.

— C'est vrai, dit Julia surprise. Je ne l'avais pas remarqué avant. Ce bébé est sûrement Bernadette, non ?

— Bernadette a trois ans de moins que sa sœur Françoise. À l'époque de la photo, Bernadette avait donc 7 ans. Ce bébé, c'est Odette !

— Odette ? Tu en es certaine ?

— J'en suis certaine. L'âge correspond. J'ai trouvé des papiers avec sa date de naissance dans l'appartement. En plus, le matin du crime, quand Odette a éteint l'aspirateur avec son pied, j'ai vu le grain de beauté sur son mollet au même endroit que le tien.

Le serveur met nos desserts sur la table. J'ai choisi une mousse au chocolat et Julia a choisi une crème brûlée.

— Je vais enlever les condiments maintenant, dit-il timidement pour nous prévenir.

— Pas question ! je crie. J'en ai encore besoin !

Le serveur me regarde avec des yeux ronds et part rapidement.

— Julia, tu portes toujours des shorts. Odette a donc vu le grain de beauté sur ton mollet. Je suis certaine qu'elle a aussi regardé l'album de photos. Elle s'est reconnue. Et elle a compris pour la première fois qu'elle était de la famille.

— Odette est la sœur de Françoise et de Bernadette. C'est incroyable !

Je place le pot de moutarde à l'ancienne au centre de notre table.

— Enfin la demi-sœur. Je pense que la mère de Bernadette et de Françoise a eu une aventure extraconjugale. J'ai trouvé la photo d'un certain Jean-Paul Desjardins dans l'album photos avec ces mots : À mon amour pour la vie. Et il ressemble beaucoup à Odette.

— Ma grand-mère est tombée enceinte et elle a gardé l'enfant.

— C'est exactement ça. Et ton grand-père a accepté ce bébé illégitime à condition qu'il ne soit pas considéré au même titre que Françoise et Bernadette, ses filles légitimes.

Julia et moi mangeons nos desserts en silence. Ça fait beaucoup à digérer.

— Mais pourquoi Odette a-t-elle tué Blanche ? me demande Julia une fois sa crème brûlée terminée.

— Odette a réalisé qu'elle a été la femme de ménage de la famille pendant toutes ces années ! Elle a été exploitée par la famille, c'est certain. En plus, Odette était furieuse parce qu'elle allait perdre son travail et son appartement. Blanche ne voulait pas la garder.

— Et comment a-t-elle fait ?

— Le matin du crime, Odette a attendu Blanche dans la cave. Elle savait que Blanche irait chercher une bouteille de vin car il n'y en avait plus dans la cuisine.

— Quelle histoire ! dit Julia.

— Odette pensait aussi que tu serais accusée du crime. Tu étais la coupable évidente.

Je fais signe au serveur pour qu'il nous apporte l'addition.

— J'ai quand même une question pour toi, Julia. Quand j'ai pris ton passeport dans la valise, j'ai trouvé un petit livre sur les différentes façons de nouer son foulard. Pourquoi est-ce que tu l'as emprunté à la bibliothèque ?

— Tu sais que j'aime porter des bandanas. Je voulais simplement apprendre à être plus stylée à Paris.

Le serveur arrive avec l'addition.

— Avez-vous bien mangé ? nous demande-t-il.
— C'était excellent !

Julia donne sa carte de crédit au serveur.

— Je t'invite pour te remercier, dit-elle.
— Merci, chère amie.
— J'ai aussi une question pour toi, dit Julia.
— Je t'écoute chère collègue.
— Comment Odette a-t-elle fait pour étrangler Blanche. Après toutes ses années de ménage, elle a les mains pleines d'arthrite !

J'attrape le pot de moutarde à l'ancienne et ouvre le couvercle sans difficulté.

— Odette a utilisé le foulard Hermès de Blanche. La soie de ce foulard est si pure qu'il glisse sans effort !

FIN

I would love it if you could leave a short review of my book. For an independent author like me, reviews are the main way that other readers find my books. Merci beaucoup !

.

2 ENGLISH TRANSLATION

Chapter 1

"Quiet, sir!" Julia orders. "We are not in your living room. We're in a library!"

Julia works with me at the main library in the city of Houston, Texas. We've known each other for over ten years. Julia is my colleague and my friend.

Julia is tall. Her hair is blue and often tied with a bandana. She loves to wear shorts to show off her tattoo-covered legs.

"Keep your voice down, sir," says Julia. "There are people working here. This is unacceptable!"

Julia has in her hands the biography of one of her favorite authors: Simone de Beauvoir. She looks at me and raises her eyes to the sky.

"It's always the men who talk loudly here. Have you noticed, Alice?"

I don't say anything because I think everyone, women, men, young and old, often speak loudly in this library.

I push a small metal cart full of books that I need to put in the Mysteries section. This is my favorite section. These books are new. They just arrived at the library. I can't wait to read them.

"Alice, can we eat together at noon?" she asks me.

"With pleasure, dear colleague," I answer her, looking at my watch. It's almost 11:15 and I'm already hungry.

"OK, see you in the break room in 10 minutes."

I give a thumbs-up to show that I agree and

start pushing my little cart again.

I'd like to be in my apartment, in my armchair, with a mystery in my hands and a glass of wine next to me. Happiness!

I walk past the feminist book section. I look at Julia. She's tidying up the Margaret Atwood books.

"See you soon," I say.

"Alice, I got a weird email yesterday. I'd like to show it to you. You can tell me what you think."

"What's it about?" I ask her.

"It's an email from a cousin I don't know. She lives in Paris."

"Wow, that's interesting."

I don't know it yet, but this email will take us to Paris to the scene of a very French crime.

Chapter 1 Exercise

Alice and Julia work in a library. They are **librarians**.

Find the occupation of the following people:

1. Charlie travaille dans une boucherie. Il est **boucher**.
   Charlie works in a butcher shop. He is a **butcher**.

2. Chantal et Jean travaillent dans un garage. Ils sont **garagistes**.
   Chantal and Jean work in a garage. They are **auto mechanics**.

3. Natacha travaille dans une pharmacie. Elle est **pharmacienne**.
   Natacha works in a pharmacy. She is a **pharmacist**.

4. Jacques et Thomas travaillent dans une ferme. Ils sont **fermiers**.
   Jacques and Thomas work on a farm. They

*are **farmers**.*

5. Igor travaille dans une banque. Il est
   banquier.
   *Igor works in a bank. He is a **banker**.*

6. Alain enseigne le français dans un lycée.
   Il est **professeur de français.**
   Alain works in a high school. He is a
   French teacher.

7. Katie et James travaillent dans une
   bijouterie. Ils sont **bijoutiers.**
   Katie and James work in a jewelry store. They
   *are **jewelers**.*

8. Anne et Alex travaillent dans une
   librairie. Ils sont **libraires.**
   Anne and Alex work in a bookstore. They
   *are **booksellers**.*

Chapter 2

Julia and I get to the library break room. There is a wooden table and seven chairs. On the table there are paper towels, salt, pepper, ketchup and mustard. On the left, near the window, on a small table, there is a coffee machine, cups and some sugar packets. On the walls, a clock in the shape of a book indicates the time.

The room is empty. It's still early. My colleagues prefer to eat between noon and two o'clock.

Julia and I take our places around the table. We sit down facing each other.

I take a small plastic box out of my bag and put it on the table. This morning before leaving for work, I prepared a quinoa salad with vegetables. For dessert, I chose an orange. I also brought a small metal bottle that I filled with filtered water.

"Do you like quinoa?" Julia asks me.

"Yes, a lot. And it's good for your health."

"I find that quinoa tastes like cardboard."

"Not if you mix it with vegetables like carrots and you add a good sauce. I promise. Do you want to try it?" I say, showing her my salad.

"No thanks," she replies politely.

Julia puts her avocado sandwich and a can of soda on the table. She eats the same thing almost every noon.

"About this email," I ask her. "Can you show it to me?"

"You'll see. It's bizarre!"

Julia takes her cell phone out of the back pocket of her shorts. The screen is broken. The back of the phone is covered with feminist stickers.

"You remember that my mother was French," says Julia. She met my father in 1944 in France."

"Yes, I remember that. Your father was American military, wasn't he?"

"Yes. They met in Paris. Love at first sight... And she followed him to Texas where he lived before the war."

"Your mother left her family to follow an American serviceman. It's a beautiful story!"

"That's true, but my mother never saw her French family again. She was eighteen when she left. I think her family was angry with her."

"Really? But why?"

Julia opens her can of soda.

"I think her family didn't accept the situation. My mother left with a man before they were married. It was a very traditional family. It was a different time too."

"That's too bad."

"I think that's her only regret. My mother died without seeing her parents or her sister again."

Julia hands me her cell phone.

"Check it out. Yesterday I received this email. Read it."

Chapter 2 Exercise

Julia's mother met an American soldier in 1944. She left her French family and went to live with him in Texas.

Here are 8 words that are part of the vocabulary of love. Find the right translation.

la lune de miel	honeymoon
les fiançailles	engagement
un coup de foudre	love at first sight
draguer	to flirt
un époux	a husband
un anniversaire de mariage	an anniversary
une alliance	a wedding band
un cœur	a heart

Chapter 3

Julia removes the bandana from her hair. She places it next to her on the table and nervously begins to fold and unfold it.

"My mother never told me about her French family," says Julia. "I only know that she had a sister, Bernadette, who was younger than her."

I start to read the email out loud.

"Hello. My name is Blanche de Monceau. I live in Paris and I think we are cousins..."

I look at Julia. She motions to me to continue.

"Mother died recently. I found many pictures of a young woman I think is your mother, Françoise. I would like to give you more details but first I want to be sure that we are related. Can you send me a picture of your mother or even better a picture of her ID card?"

I give the cell phone back to Julia. She puts it back in the back pocket of her shorts.

"Did you understand the email?"

"Yes," replies Julia. "I read French quite well. I studied it in college. But I speak it very badly."

"Your mother never spoke to you in French?"

She only spoke French when she was angry with me. For example, she would say, "What did I do to the good Lord to have a daughter like you!"

I drink some water and start peeling my orange.

"That's great! You'll be able to reconnect with your French family. Do you still have your mother's ID card?"

"Yes, it's in my desk at home."

Julia's bandana now looks like a big knot.

"I don't know if I'm going to reply to this woman," says Julia.

"You have to reply to your cousin!" I tell her.

"I really don't know. It was her French family who decided at the time not to have any contact with her. Now they want to get back in touch. It's too late."

Julia starts her avocado sandwich.

"Come on, Julia. You have to know your French family."

"Let me think about it overnight. We'll talk about it tomorrow. OK?"

Chapter 3 Exercise

Blanche's mother has just died in Paris.
Here is the letter of condolence sent by her cousin Julia.

Find nine mistakes in this letter.

Here is the text with the mistakes highlighted **in bold**.

Cher *Blanche,*

Je suis désolée **à** *apprendre la mort de votre mère.*

Je **n'est** *malheureusement jamais rencontré votre mère mais je pense qu'elle était une femme sympathique, intelligente et intéressante.*

Elle **vas** *laisser de* **bon** *souvenirs à ses amis.*

Je suis certaine **quelle** *repose en paix. N'hésitez pas à me contacter si* **tu as** *besoin d'aide.*

Je vous adresse mes plus sincères condoléances. Je vous souhaite tout le réconfort et le courage que vous méritez *dans **se** moment difficile.*

Ton *cousine, Julia.*

Here is the corrected version. Note the consistent use of *vous*.

Chère *Blanche,*

*Je suis désolée **d'**apprendre la mort de votre mère.*

*Je **n'ai** malheureusement jamais rencontré votre mère mais je pense qu'elle était une femme sympathique, intelligente et intéressante.*

*Elle **va** laisser de **bons** souvenirs à ses amis.*

*Je suis certaine **qu'elle** repose en paix. N'hésitez pas à me contacter si **vous avez** besoin d'aide.*

*Je vous adresse mes plus sincères condoléances. Je vous souhaite tout le réconfort et le courage que vous méritez dans **ce** moment difficile.*

Votre *cousine, Julia.*

And here is the translation.

Dear Blanche,

I am sorry to hear about your mother's death.

I unfortunately never met your mother but I think she was a nice, intelligent and interesting woman.

She will leave her friends with good memories.

I am sure she is resting in peace. Don't hesitate to contact me if you need help.

I send you my deepest condolences. I wish you all the comfort and courage you deserve in this difficult time.

Your cousin, Julia.

Chapter 4

The next day around noon, I look for Julia in the library. I find her in the biography section.

"Hello Julia. How are you?"

"I'm doing quite good," she says, putting a biography of Gertrude Stein back in the right alphabetical order.

"You know that Ms. Stein lived in Paris, don't you?"

Julia shrugs. She's a specialist in American feminist authors. Of course she knows that Gertrude Stein lived in Paris.

"Have you made a decision?" I ask her. "Are you thinking of making contact with your French cousin?"

"Yes, I've made a decision."

"Which way? I can't wait to find out."

"Shall we go to the break room?" she says. "I'll tell you what I decided."

When we get to the break room, the table is already occupied by two men. They're about sixty years old. They're both eating a salad made of black beans, tomatoes and corn. They are talking about the company 23andMe and family trees.

"My ancestors come from Spain and Portugal," says one. "It's crazy! I thought my family was from Ireland."

"Me," says the other, "I thought my ancestors were German. In college, I chose to study the German language for that reason. In fact, my family comes from Ukraine and Russia!"

Julia goes to serve herself a coffee. She pours three packets of sugar into her cup.

"I'm not hungry today," she says. "Do you want a coffee, Alice?"

"No thanks, I had two teas this morning."

"Let's go outside to talk."

Outside, we are surprised by the suffocating heat and humidity. It's early in the month of June and it's already very hot in Houston. There is a big difference from the air conditioning in the library.

We sit on a bench in the shade. Julia takes her mobile phone from her shorts pocket and places it between us.

"I didn't sleep all night," says Julia. "I tossed and turned in my bed."

"So? What did you decide?"

"I decided to reply to Blanche and meet my French family."

"You made a good decision. I'm proud of you, Julia. What are you going to do now?"

Julia takes a long sip of coffee.

"This morning, I sent Blanche the picture of my mother's ID card to prove that I'm part of the family. Now I'm waiting for an answer from my cousin."

We both startle. Julia's cell phone just vibrated.

"It's an email from Blanche, my cousin," says Julia, looking at her phone.

Chapter 4 Exercise

Julia didn't sleep well last night. She tossed and turned in her bed.

Can you conjugate the verb « se retourner » (to turn around) in the present tense and the past tense?

je me retourne	je me suis retourné (m) je me suis retournée (f)
tu te retournes	tu t'es retourné (m) tu t'es retournée (f)
elle se retourne	elle s'est retournée (f)
nous nous retournons	nous nous sommes retournés (m) nous nous sommes retournées (f)
vous vous retournez	vous vous êtes retournés (m) vous vous êtes retournées (f)
elles se retournent	elles se sont retournées (f)

Chapter 5

Julia grabs her phone.

"I can't wait to know what she's writing to you," I say. "Please read it to me."

"Okay Alice, but don't make fun of my accent. Okay?"

"I promise. Come on, hurry!"

Julia takes a long sip of her coffee and begins to read.

"'Julia, I am very glad I found you. Thank you for the photo of your mother's identity card. Two months ago, my mom, your mother's sister, died and I inherited her apartment in the Montmartre neighborhood, right next to the Sacré Coeur Basilica. In her apartment, I found many pictures of our grandparents...'"

"Your cousin inherited an apartment in the Montmartre neighborhood? How lucky!"

Isn't that the neighborhood where the movie

Emily in Paris was filmed?" asks Julia.

"No, you're confusing it with the movie Amélie."

"Maybe you're right..."

A man passes in front of us without looking at us. He is talking to himself. His clothes are dirty. He smells of urine and sweat. He opens the library door and disappears inside.

"My cousin wrote a long e-mail," Julia continues.

"Please keep reading."

"Okay... Paris is beautiful this time of year. I would like to know if you are available to come to Paris to meet me and maybe help me sort through our family photos and memorabilia. I would like to offer you a plane ticket for you and your husband. Of course, you can both live in Mom's apartment in Montmartre."

"Julia! Blanche is inviting you to Paris. She's offering to pay for the trip. How lucky!"

Julia finishes her coffee. She doesn't look

enthusiastic.

"But I don't want to go to Paris. I don't want to look at old family pictures. No thanks! Besides, I'm allergic to family stories."

I know Julia well. She is passionate about books and feminism.

"Think of all the things you can find in your aunt's apartment. She probably has some old books... and maybe a book about women's rights in France? Do you know what year women were allowed to vote in France?"

"In 1944, right at the end of the second world war. The year my parents met."

"It's crazy," I tell her. "Women didn't have many rights back then. And I don't know if the situation is better today."

"Tell me about it!"

"If you find interesting books in your aunt's apartment in Montmartre, you may be able to contribute to the archives of the city library."

I think I see a smile on Julia's face.

"Look, Alice, I'm willing to go to Paris... on one condition."

"Which one?"

"You come with me!"

"I would love to come with you, Julia, but I have no money to pay for this trip. My bank account is at zero."

"Blanche agreed to pay for a ticket for my husband and me. I'm not married. Maybe she will agree to pay for a ticket for my colleague, my moral support and my friend Alice?"

"We can always ask her," I reply to Julia. "Nothing ventured, nothing gained."

Chapter 5 Exercise

Julia is willing to go to Paris to meet her cousin Blanche if Alice will go with her. Unfortunately, Alice has no money to pay for the trip.

Six phrases mean "to not have money." Can you find them?

Here they are:

être ruiné – *to be ruined*
ne pas avoir une thune – *to not have a dime*
ne pas avoir un radis – *to not have a radish*
être complètement fauché – *to be completely broke*
être raide – *to be stiff*
ne pas avoir un kopeck – *to not have a kopeck*

The two expressions with bol have other meanings:
« en avoir ras le bol » means *to be fed up*
« ne pas avoir de bol » means *to be unlucky*

Chapter 6
Three weeks later

At 179 rue Lepic, Blanche checks the guest room one last time. Odette, the maid, has done a good job. The room is perfect. Blanche puts a vase with some roses on the dresser.

"Odette," she says, "did you remember to vacuum under the beds?"

"Yes, Mrs. Blanche."

"And did you open the window this morning to change the air?"

"No. Your mother didn't like me leaving the window open. She was afraid of thieves."

"Odette, we are on the second floor and my mom is no longer here. I'm the one in charge now. Did you understand, Odette?"

"Yes, Madame."

Blanche thinks she'll have to get rid of Odette soon. The maid had been at her mother's service for over fifty years. She had become her confidante and her lady-in-waiting. But Odette is not young anymore. She is losing her mind a little and she can't see very well anymore. Yesterday, Odette broke a crystal glass. And the day before yesterday she let the water run in the sink for more than twenty minutes. There was almost a flood.

Before closing the door to the guest room, Blanche peeks under the two beds. The floor is clean. Her American cousin and her friend will be comfortable. Blanche loves this room. The window overlooks a quiet courtyard. Sometimes when the bell of the Sacré Coeur Basilica rings, you could think you're in a small village in the countryside.

This apartment has been in the family for three generations. Her grandparents bought it in 1937, two years before the Second World War. At that time Françoise, Julia's mother, was ten years old and Bernadette, her mother, was seven.

The grandparents had fallen in love with this apartment because from the living room window there was a breathtaking view of the Sacré Coeur.

In the living room, Blanche puts the books on the bookcase in order. Then she opens the heavy velvet curtains and opens the window. She is still amazed by the white basilica with its rounded and voluptuous forms.

"It's so beautiful!" she says, taking a deep breath. "The view is perfect. It is the most beautiful view in Paris!"

"Oh dear, Madame Blanche," Odette shouts, closing the window, "you'll be cold and you'll get sick or worse."

"Odette, leave this window open, please."

But Odette is a bit deaf and she doesn't hear what Blanche says... or maybe she doesn't want to hear.

Odette closes the living room window and returns to the kitchen. She has to prepare a beet salad. The American women are coming today.

Chapter 6 Exercise

Blanche prepares the room for the arrival of the Americans Julia and Alice.

Here are eight objects that can be found in a room.

Find the right translation:

un drap — *a bedsheet*

une taie d'oreiller — *a pillowcase*

une couette — *a duvet*

un mouton — *a dust bunny (literally a sheep)*

une housse de couette — *a duvet cover*

un tapis — *a rug*

des stores — *blinds*

des rideaux — *curtains*

Chapter 7

Our trip went well. Our plane landed at Roissy-Charles de Gaulle airport at eight in the morning. We went through customs without any difficulty. We got our luggage without any problems. Then, we walked to the train station to take the suburban train to Paris. Buying a train ticket was not easy but we succeeded with the help of an SNCF agent. The young man was very nice. He even accompanied us to the platform and then we got on the train.

When we arrived at the Gare du Nord, we decided to take a cab. I didn't want to take the subway because my big suitcase was too heavy.

"Are you looking forward to meeting your cousin?" I ask Julia.

"I don't know. I'm happy to meet her and at the same time I feel like I'm betraying my mother."

"Why do you say that?"

"I had a nightmare on the plane. I dreamed that Blanche was a mean woman. She was saying mean things about my mother."

"There's no need to be afraid. Blanche is surely very kind. Already, she offered us a plane ticket. That's very nice, isn't it?"

The cab stops in front of 179 rue Lepic. The building is small. It has only four floors. We open the heavy wooden door.

Inside, in the hall, there is another door. This second glass door is closed. On the right wall, there is an intercom and three names. The first is Martin Trimont. The second is Bernadette de Monceau, in smaller and red ink Blanche de Monceau. The third is Louis and Beatrice Riboud.

Julia presses the second button on the intercom.

"I'm..."

Julia does not have time to finish her sentence.

"Hello. Go up to the second floor," says a woman's voice.
"Thank you," says Julia.

The glass door opens. We enter and look for the elevator.

"Julia, you forgot to ask if there is an elevator in the building."

But after several minutes, we have the answer. There is no elevator!

"We have to climb the stairs with our suitcases," I say, "what a mess!"

"Give me your suitcase," says Julia. "I'll help you."

Julia grabs the two suitcases and walks past me. I can see in detail the tattoos on her muscular legs. On her right leg, there is a woman smoking a pipe, a boat and a hummingbird. On her left leg, there is a fox on a bicycle and a large portrait of Ruth Bader Ginsburg.

On the second floor, we pass by Mr. Trimont's door. On the door, there is a small rainbow sticker. We can hear the barking of a little dog behind the door.

We keep going upstairs and we arrive at the second floor. A woman is waiting for us in front of her door. She looks with surprise at Julia's blue hair, shorts and tattooed legs. She turns to me.

"Julia! My dear cousin!" she says, taking me in her arms.

Chapter 7 Exercise

Alice and Julia arrived at 179 rue Lepic in Paris. It is a beautiful four-story building.

Here are some words that can help describe a building.

Find the right translation:

un plafond – *a ceiling*

un toit – *a roof*

un parquet – *a wooden floor*

le rez-de-chaussée – *the first floor (ground floor)*

une marche d'escalier – *a stairstep*

un paillasson – *a doormat*

une sonnette – *a doorbell*

une serrure – *a lock*

Chapter 8

I quickly rectify Blanche's mistake.

"No, no, I'm Alice, I tell her."

I show my friend with the two suitcases.

"And this person," I continue, "is Julia, your cousin."

Blanche is so surprised that she takes a step back. Her smile disappears instantly.

I look at the two cousins. They are very different, if not completely opposite.

Blanche is small and thin. Julia is tall and muscular.

Blanche has a very classic style, very BCBG – Bon Chic Bon Genre. She wears a blue skirt, a white blouse, a pearl necklace and a pretty silk scarf around her neck. Her blond hair is impeccably tied in a bun.

Julia, she has a very... original style. She is, as is her custom, in shorts to highlight her tattooed legs. She is wearing a sleeveless t-shirt. Some hairs go out of her armpits. She has a white and black bandana around her neck. Her hair is blue with two or three dreadlocks that appeared since yesterday surely because of her agitated night in the plane.

Julia wears burgundy Doc Martins. Blanche is wearing beige pumps with a small heel and red soles. Her shoes match her silk scarf.

"Please come in," she says. "You can leave your suitcases in the entryway. Odette, our maid, will put them in your room."

We enter a small hallway. On the right wall, there is a painting representing the Eiffel Tower. On the left wall, there is a very pretty round mirror. Blanche turns around to close the door. It takes a few seconds because there are four locks to close.

"We had an armored door installed," she says, "because there have been thefts in the building recently."

I look at her scarf. I can see lions, giraffes, butterflies and many other animals.

"Your scarf is absolutely beautiful," I tell her.

"It's a Hermes scarf," she says, turning to us. "They are of exceptional quality. And they are made in France, you know."

Blanche motions us to follow her. Julia is right behind me.

"My cousin is a snob," she whispers in my ear.

Chapter 8 Exercise

Julia and Blanche are two very different cousins. They even have completely opposite styles.

Find the two opposite words:

allumé – *turned on*
éteint -*turned off*

sage -*well-behaved*
agité – a*gitated*

transparent – *transparent*
opaque – *opaque*

chauve – *bald*
chevelu – *longhaired*

bruyant – *noisy*
silencieux -*quiet*

bon marché – *inexpensive*
cher – *expensive*

nu – *nude*

habillé – *dressed*

brûlant – *burning*
glacial – *freezing*

Chapter 9

From the living room window, there is a magnificent view of the Sacré Coeur Basilica. I am breathless. I feel like I'm in a movie and I expect to see the actress Audrey Tautou/Amélie Poulain sitting on a wooden horse in the carousel at the foot of the basilica.

"Please sit down," says Blanche.

The couch is covered with a worn, gray fabric. Blanche sits in an armchair opposite us.

"Would you like something to drink? A refreshment? A tea or a coffee?" she asks us.

At the same time, an old woman enters the living room. She is wearing a black dress and a small white apron. Her hair is white with purple highlights.

"I would like a coffee please, Madame," says Julia.

"Green tea for me if you have some," I say.

"And a small bottle of sparkling water for me, Odette," says Blanche.

The old lady disappears without saying a word. Blanche turns to Julia.

"Julia, tell me about your life. Are you married? Do you have any children?"

"No, I am not married, nor a mother."

"Like me then," says Blanche, laughing.

"That makes at least two things in common," I say.

I look at Julia and Blanche embarrassed. I shouldn't have said anything. In fact, I decide to keep quiet. While Blanche and Julia get to know each other, I look at the living room.

On my right, a huge " takes up the whole wall. I can figure out that among the books there are two dictionaries, five bibles and a 20-volume encyclopedia. The other books are too small and I am sitting too far away to read the titles.

The other walls are covered with paintings representing scenes of Parisian life. I especially like the painting near the window. You can see the Arc de Triomphe and a part of the Champs-Élysées. I also like the painting on the left of the bookcase. You can see children playing with boats in a park that I figure out is the Jardin du Luxembourg. I recognize the large fountain.

The old woman comes back into the living room with our drinks on a silver tray. She puts them on the coffee table next to the armchair.

"Thank you Odette," says Blanche. "You can leave us now."

Blanche gives me my cup of tea and gives Julia her coffee.

"There's sugar here," she says, showing us a small porcelain box.

Blanche takes her small bottle of sparkling water.

"I always have trouble opening these little bottles," she says. "And Odette, Mom's maid, can't help me. She has arthritis in all the joints of her hands. It's heartbreaking to see."

Julia leans over to Blanche and picks up the

small bottle. With her strong hands, she opens the bottle instantly.

"You have the hands of a strangler, dear cousin!" says Blanche.

Chapter 9 Exercise

From the living room window, there is a beautiful view of the Sacré Coeur Basilica.

Complete the sentences with the correct form of the adjective *beau* (beautiful): beau, beaux, belle, belles or bel.

Blanche est une <u>belle</u> femme un peu snob.
Blanche is a beautiful woman who's a bit of a snob.

Alice a de très <u>belles</u> mains.
Alice has very beautiful hands

Alice a de très <u>beaux</u> tatouages.
Alice has very beautiful tattoos.

C'est un très <u>bel</u> immeuble.
It is a very beautiful building.

Blanche porte un <u>beau</u> foulard.
Blanche wears a beautiful scarf.

Dans le salon il y a une <u>belle</u> bibliothèque.
In the living room there is a beautiful bookcase.

Je suis dans de <u>beaux</u> draps !

I'm in dire straits!

NOTE: « *être dans de beaux draps* » is an idiomatic expression that definitely does not mean to be in beautiful bedsheets!

Le sucre est dans une <u>belle</u> boîte de porcelaine.
The sugar is in a beautiful porcelain box.

C'est une <u>belle</u> histoire !
This is a beautiful story!

Odette porte un <u>beau</u> tablier noir.
Odette wears a beautiful black apron.

Chapter 10

"This is your room," says Blanche.

We enter a nice room. There are two beds side by side and two night tables. On the dresser is a small vase with some flowers. Above each bed, on the wall, there is a crucifix.

"I'll take the bed closest to the door," says Julia. "I often get up to go to the bathroom."

"As you wish," I reply to her. "I'll take the bed closest to the window."

Blanche opens the window curtains. The sun enters the room. Here again, there is an exceptional view on a small interior yard. I am completely in love with this view.

"What a sight! I say. It's absolutely magnificent. It's like being in the countryside."

"That's right, Alice," says Blanche. "You know, it's very rare in Paris to have two such spectacular views."

"What is the history of this apartment?" I ask

her.

"Our grandparents bought this apartment in 1937 just before the war. They lived in the neighborhood and it was a friend of theirs, I think, who told them about an apartment for sale."

"So this apartment has been in the family for three generations?"

"Absolutely, Alice!"

"That's fascinating!"

Then I think about the houses in my city of Houston, Texas. Our houses are not very solid. They are built with simple wooden boards. They remind me of the straw house of the three little pigs. A little wind and whoops, they disappear.

The tour of the apartment continues. Blanche opens the bathroom door.

"Here is the shower, the bathtub and the sink."
"I love the yellow tile," says Julia. It's super kitsch."
"I hate it," says Blanche. "This is one of the first rooms I'm going to renovate. I found a fabulous marble floor."

A little further on Blanche opens another door and closes it again. I have just enough time to see a dozen shoe boxes on the bed.

"This is Mom's room. These boxes are filled with pictures. I haven't had the courage to sort through her things yet. Maybe soon I'll find the courage..."

We continue the tour.

"This is the kitchen."

Odette is there. She's cutting red beets to make the salad.

"Odette worked for mom for 50 years," says Blanche. "She lives in the building, in a small apartment on the top floor."

Odette raises her head to look at us. She wipes her knife on her white apron. The knife leaves a trace that's red like blood.

Chapter 10 Exercise

Blanche wants to renovate the bathroom of the apartment. She hates the yellow tiles and wants to replace them with marble.

But to do renovations, you need the right tools.

Can you find the translation of these tools?

un marteau — *a hammer*

une échelle — *a ladder*

un clou — *a nail*

un tournevis — *a screwdriver*

une scie — *a saw*

une perceuse — *a drill*

un pinceau — *a brush*

une boîte à outils — *a toolbox*

Chapter 11

We return to the living room.

"Please sit down, ladies," says Blanche.

On the coffee table, my teacup, Julia's coffee cup and the small bottle of soda water are gone. In its place are three glasses of water and a plate of macarons.

Blanche hands us the plate of macarons. Julia and I take one.

"Thanks, they look delicious."

"They are absolutely divine," says Blanche. "They come from Maison Georges Larnicol. One of the best places in the neighborhood."

Julia drops the macaron on the floor.

"I'm sorry," she says.

It's not important, dear cousin," says Blanche. "Here, have another one."

But Julia gestures "no" with her hand. She quickly picks up her macaron, blows on it and puts it in her mouth in front of her cousin's frightened eyes.

Blanche must not know the American five-second law.

"If you drop food for less than five seconds," Julia says, "it's okay to eat it. And I think in the case of a macaron, the law increases to 15 seconds."

Blanche gets up and disappears from the living room.

"I hope I didn't disgust her?" Julia asks me.

"I don't think so," I reply to reassure my friend.

But in my mind, I think Blanche is a very sophisticated woman. Maybe seeing her cousin eat a macaron like that is beyond her limits.

But Blanche comes back into the living room. She is smiling. She has in her hands an old photo album. She puts it next to Julia on the sofa.

"I found this album in Mom's safe," she tells

Julia. "She had put it in the bank with her important papers. I think in this album there are some photos that were very important to her."

Julia takes the album and places it gently on her lap.

"I love old family photos," says Julia, feigning cheerfulness.

"Me too," says Blanche.

Julia opens the album.

"It's my mother!" shouts Julia in wonder.

"Yes, it's Françoise," adds Blanche.

The photo was taken on the steps of the Sacré Coeur Basilica. A little girl in a dress is carrying a baby in her arms.

"I recognize my mother. We have the same nose and she has the same mole on her calf as I do," says Julia, showing me her calf.

"And the baby in her arms, who is that?" I ask.

But Blanche doesn't have time to answer.

Someone knocks on the apartment door.

Chapter 11 Exercise

Complete these sentences with the correct verb:

Julia, Alice et moi <u>mangeons</u> des macarons en regardant de vieilles photos de familles.
Julia, Alice and I eat macarons while looking at old family photos.

Blanche a <u>trouvé</u> des photos dans le coffre-fort de la banque.
Blanche found pictures in the bank safe.

Julia et Alice <u>vont</u> regarder les photos avec attention.
Julia and Alice looked at the pictures carefully.

Julia <u>a</u> fait tomber un macaron par terre.
Julia dropped a macaron on the floor.

Blanche est <u>allée</u> à la banque.
Blanche went to the bank.

Alice a regardé les photos. Alice les a <u>regardées</u>.
Alice looked at the pictures. Alice looked at them.

Chapter 12

"Odette? Odette?" shouts Blanche. "There's a knock at the door. Please go open it!"

But no answer from old Odette.

"Odette?" shouts Blanche again. "Odette?"

Blanche gets up from her chair.

"That old goat is getting deafer and deafer, she tells us. I don't know what I'm going to do with her. I don't think I'll keep her."

Blanche goes towards the front door. I hear her open the four locks on the door.

"Mr. Trimont, what a pleasure!" says Blanche in a falsely friendly voice. "How are you? And how is your friend Mr. Gilles Gustave?"

"I am doing very well and my friend is doing very well too, thank you."

"That's perfect then."

"Madame de Monceau," continued the neighbor, "I would like to know what you think of my proposal concerning the apartment?"

"Yes, I've thought about it. I don't want to sell this apartment."

"I'm ready to go up to one million two hundred and fifty thousand euros!"

"I am not interested."

"I need a bigger apartment to live with my husband Gilles.

"Good day, Mr. Trimont," says Blanche as she closes the door.

I look at Julia. My friend suddenly stops exploring the pictures.

"One million two hundred and fifty thousand euros for the apartment!" she says to me.

"Thats's crazy!" I say, "I didn't think..."

But we stop our little discussion because Blanche just returned to the living room. We didn't hear her close the locks on the door.

"It was my neighbor," says Blanche. "He's desperate to buy Mom's apartment."

"Why?" asks Julia. "He already lives in the building."

"Because this apartment is much bigger than his."

"Are you thinking of selling?" I ask her.

"Absolutely not," she says. "And if I ever sell.... It's not going to be to Mr. Trimont."

"Why?" asks Julia.

"Mom was very traditional. She did not have the same values as Mr. Trimont."

"Really?" says Julia. "What values did your mother [*ta mère*] have?"

"Excuse me?" asks Blanche in shock. "What did you say?"

"What values did your mother [*ta mère*] have?" Julia asks a little louder.

"Julia means, what values did your mother [*votre mère*] have?" I say.

Blanche really doesn't like it when her cousin uses the informal "tu" with her. I can feel the mood changing. There's a little electricity in the air. I decide to find a way out.

"Julia, Blanche, I'm very tired. I think I'd like to take a shower, eat something and go to bed not too late."

Blanche looks at her watch.

"You are right. Here are the keys to Mom's apartment. I'm going back to my apartment. I'll be back tomorrow morning a little after eight. That's not too early?"

"No, that's fine," says Julia. "We'll start sorting through your mother's pictures."

Blanche stands up.

"Good night to you both," she says. "And don't forget, you are at home here!"

Chapter 12 Exercise

Blanche doesn't like it when her cousin talks to her using the informal "tu" (*le tutoiement*). Blanche is a bit of a snob.

Write these sentences using the formal vous (le vouvoiement).

1. Est-ce que tu es très fatiguée ?
    Est-ce que vous êtes très fatiguée ?
    Are you very tired?

2. Tu as raison.
    Vous avez raison.
    You are right.

3. Comment s'appelle ta mère ?
    Comment s'appelle votre mère ?
    What's your mother's name?

4. Tu penses que ton voisin veut acheter ton appartement.
    Vous pensez que votre voisin veut acheter votre appartement.
    You think your neighbor wants to buy your apartment.

5. Tu as parlé un peu trop fort.
   Vous avez parlé un peu trop fort.
   You spoke a little too loudly.

6. Tu es de plus en plus sourd.
   Vous êtes de plus en plus sourd.
   You're getting more and more deaf.

7. Tu vas manger tes macarons trop
   rapidement.
   Vous allez manger vos macarons trop
   rapidement.
   You'll eat your macarons too quickly.

8. As-tu vu les photos de famille ?
   Avez-vous vu les photos de famille ?
   Have you seen the family photos?

9. Mange ton croissant !
   Mangez votre croissant !
   Eat your croissant!

10. Tu veux peut-être acheter cet appartement
    mais il n'est pas pour toi.
    Vous voulez peut-être acheter cet
    appartement mais il n'est pas pour vous.
    *Maybe you want to buy this apartment but it's not
    for you.*

Chapter 13

"You are at home here!" says Julia, imitating her cousin. "What a snob!"

Julia put her bandana around her neck just like Blanche wears her Hermes scarf.

"Well, your cousin is right. You are a little bit at home here."

"What do you mean?"

If this apartment was your grandparents' apartment, then your mother should have inherited half at the time of their death, the other half going to Bernadette, their other daughter."

Julia grabs three macarons from the plate.

"Unless my grandparents made Bernadette their sole heir," she says, putting the macarons in her mouth one after the other.

"And disinherit your mother?"

"Exactly... They had to disinherit my mother.

These macarons are really delicious."

"I think I read that in France you can't disinherit your children."

"Interesting...," concedes Julia.

Julia and I start to dream.

Julia imagines leaving Houston to live in Paris. No more Houston and its humidity! No more Texas and its backward ideas about the environment and women's rights!

And I imagine having a friend who owns an apartment in Paris!

This apartment is worth one million two hundred and fifty thousand euros! I say. That's a lot of dollars. Maybe you should consult a lawyer.

Good idea!

Suddenly, I am startled. Odette is right next to me. I did not hear her enter the living room.

"I've finished preparing dinner," she says. "Would you like anything else?"

"No thanks," says Julia.

"All right, then I'll go home."

"Thank you very much, Odette," adds Julia. "Have a nice evening."

"Good evening ladies," she says.

Odette disappeared from the living room as silently as she had entered. Julia and I don't talk anymore. We want to hear what she is doing. In the kitchen, Odette opens and closes the refrigerator. Then she starts the dishwasher. A few minutes later, she walks past the living room without looking at us. She opens the front door and leaves the apartment. She then closes the four locks on the armored door.

"Finally some calm," sighs Julia, taking off her bandana.

"Do you think she heard our conversation about the apartment?" I ask her anxiously.

"I don't know," says Julia. "I hope not. She'll think we're here for the money."

Chapter 13 Exercise

The apartment at 179 rue Lepic has been in the family for three generations. Julia and Blanche's grandparents bought it in 1937.

Here is a list of family vocabulary. Find the corresponding feminine worde:

mon père, ma mère *(my father, my mother)*

mon oncle, ma tante *(my oncle, my ant)*

mon cousin, ma cousine *(my cousin, my cousin)*

mon grand-père, ma grand-mère *(my grandfather, my grandmother)*

mon frère, ma sœur *(my brother, my sister)*

mon fils, ma fille *(my son, my daughter)*

mon parrain, ma marraine *(my godfather, my godmother)*

mon filleul, ma filleule *(my godson, my goddaughter)*

Chapter 14

After a long shower, I find Julia in the living room. She's in front of the bookcase. She's reading the titles of her aunt's books. The plate of macarons on the coffee table is now completely empty.

"It feels good to have a good shower," I say. "The water was the perfect temperature."

But Julia does not hear me. She is completely absorbed in her reading.

"Are you finding interesting books?"

"My God!" she says, overwhelmed.

"What did you find? Let me see."

I walk over to the bookcase and start reading the titles of the books.

"The cuisine of the South of France, Fish recipes from the Mediterranean, 365 easy recipes... Your aunt loved to eat!"

"Not these books," says Julia, "those."

I go to the right side of the bookcase and start reading again.

"The happiness of the housewife..."

"No," Julia repeats, "not these books, those."

I move even further to the far right of the bookcase and start reading again.

"Homosexuality is a Sin, A Child Must Have a Mother and a Father, No to Single-Parent Adoption, The Heresy of Elective Abortion..."

There are a dozen books in the same style.

"I never thought I'd see books like these in France," Julia says angrily.

"Neither did I," I say.

"These aren't the books I'm going to bring back to Houston!

"Listen," I say to her, "go take a nice shower to clear your head. Meet me in the kitchen... I'll try to find a good bottle of wine."

Julia must think my suggestion is good because she leaves the living room, abandoning her bandana on the couch.

I pick up the empty plate of macarons and go into the kitchen in search of a small bottle of wine. I open the first cupboard. It's filled with cans, mostly cans of peas and green beans. In the second cupboard, I find packets of rice, packets of pasta and a bag of chips. I take it because I love chips. I open the bag and start snacking.

"So, what am I looking for again?" I ask myself. "Ah yes, a bottle of wine."

I open the cupboard near the fridge. Victory! I find an almost empty bottle of Bordeaux wine next to the jam jars.

"Now I want a drink..."

"What? A gun?" asks Julia who has just arrived in the kitchen.

"But no, I'm looking for a glass... for the wine. Julia, you're going deaf like Odette!"

Chapter 14 Exercise

In the apartment bookcase, there are many recipe books.

Here is an easy recipe to make crepes. Unfortunately, there are five spelling mistakes. Can you find them?

<u>With the mistakes shown in bold:</u>

Pour faire des crêpes, il faut :
- 100 grammes de farine (3/4 de cup)
- deux œufs
- 250 millilitres de lait (1 cup)
- un peu de beurre
- une pincée de sel

Mettez la farine et le sel dans un **grande** bol. Ensuite, **ajouter** les œufs et le lait. Mélangez **biens**. Vous **dever** obtenir une pâte homogène et épaisse.

Maintenant il faut laisser reposer la pâte pendant une heure.

Pour la cuisson :

Utilisez une poêle plate. Il faut bien chauffer la poêle. Quand la poêle est chaude, mettez du beurre dans la poêle puis versez un peu de pâte. Attendez un peu, et retournez la crêpe. Voilà, la crêpe est cuite.

Vous pouvez manger les crêpes avec **de le** sucre, de la confiture ou de la crème Chantilly.

Bon appétit !

Here is the corrected text:

Pour faire des crêpes, il faut :
- 100 grammes de farine (3/4 de cup)
- deux œufs
- 250 millilitres de lait (1 cup)
- un peu de beurre
- une pincée de sel

Mettez la farine et le sel dans un **grand** bol. Ensuite, **ajoutez** les œufs et le lait. Mélangez **bien**. Vous **devez** obtenir une pâte homogène et épaisse.

Maintenant il faut laisser reposer la pâte pendant une heure.

Pour la cuisson :

Utilisez une poêle plate. Il faut bien chauffer la poêle. Quand la poêle est chaude, mettez du beurre dans la poêle puis versez un peu de pâte. Attendez un peu, et retournez la crêpe. Voilà, la crêpe est cuite.

Vous pouvez manger les crêpes avec **du** sucre, de la confiture ou de la crème Chantilly.

Bon appétit !

And finally, here is the recipe in English:

To make pancakes, you need:

- 100 grams of flour (3/4 cup)
- two eggs
- 250 milliliters of milk (1 cup)
- a little butter
- a pinch of salt
-

Put the flour and salt in a large bowl. Then add the eggs and milk. Mix well. You should obtain a homogeneous and thick batter.

Now you have to let the batter rest for an hour.

To cook:

Use a flat pan. The pan must be heated thoroughly. When the pan is hot, put some butter in the pan and then pour in some batter. Wait a little, and turn the crepe over. That's it, the crepe is cooked.

You can eat the crepes with sugar, jam or whipped cream.

Bon appétit!

Chapter 15

The next morning, we wake up just before eight in the morning.

"Did you sleep well, Julia?"

"Yes, quite well. How about you?"

"So did I. But I had a strange dream."

"Really? Tell me about it."

I get up and open the window at the moment when the bells of the Sacré Coeur Basilica begin to ring. Julia's cousin is right. It really is like being in the country. It's absolutely wonderful!

"I dreamed that I was in a circus. I worked with lions and giraffes."

"Weird... Alice, I think you need a good coffee. Shall we go into the kitchen?"

"All right. Let's go!"

The kitchen is empty. Odette hasn't arrived yet. We easily find the electric coffee maker, the filters and the ground coffee. A few minutes later, the kitchen has the good smell of coffee.

We're at the table when we hear the four locks on the front door open.

"Hello! Anybody home?"

I immediately recognize Blanche's voice.

"We're in the kitchen, Blanche."

She has a small white paper bag in her hands.

"I brought you some croissants. I hope you like them."

"We love them. Thank you very much," says Julia. "That's really nice."

"But it's perfectly normal, you are my guests."

Blanche is wearing a beige shirt and blue pants. And she has around her neck the Hermes scarf she wore yesterday. This time it's folded differently. Now the lion and the giraffe seem to be looking at each other.

"Did you sleep well?" asks Blanche.

"We slept very well," says Julia. "The apartment is very quiet."

"That's because the neighbors on the third floor left on vacation. Every year, they go to Annecy to visit their daughter."

"What luck," I say. "I don't know that city. I'd like to go there."

Blanche opens one of the cupboards. She takes a porcelain plate and puts the croissants on it.

"Is Odette not here?" she asks surprised.

"No," I say. "There was no one in the kitchen this morning."

"That's extremely unusual. Odette is never absent."

Blanche puts the plate on the table.

"She usually starts every morning at eight o'clock. I hope nothing has happened to her."

Chapter 15 Exercise

Odette commence tous les matins **à** huit heures. Mais aujourd'hui, elle est en retard. Elle **a** peut-être pris un jour de vacances ?

Odette starts every morning at eight o'clock. But today, she is late. Maybe she took a day off?

Complete the following sentences with **a** (the verb to have) or **à** (the preposition.)

1. Alice aide son amie Julia **à** préparer le petit-déjeuner.
   Alice helps her friend Julia to prepare breakfast.

2. Odette **a** peut-être besoin de se reposer.
   Odette maybe needs to rest.

3. Blanche **a** acheté des croissants **à** la boulangerie.
   Blanche bought croissants at the bakery.

4. Julia **a** des tatouages sur les jambes.
   Julia has tattoos on her legs.

5. Alice préfère Paris **à** Houston.
   Alice prefers Paris to Houston.

6. Alice et Julia se sont réveillées **à** 7 heures 30.
   Alice and Julia woke up at 7:30 am.

7. Blanche **a** raison.
   Blanche is right.

8. On se croirait vraiment **à** la campagne.
   It really feels like being in the country.

9. Alice aime visiter Paris **à** pied.
   Alice likes to visit Paris on foot.

10. Julia **a** bien dormi.
    Julia slept well.

Chapter 16

"These croissants are delicious," I say.

"It's true, they're super good," adds Julia. "Would you like one, Blanche?"

"I only eat croissants on Sunday mornings," says Blanche. "It's my little Sunday ritual, my little tradition. But hey, today is a special day. I'll let myself be tempted. Just a little piece..."

Blanche takes a small croissant crumb from the plate.

"It's almost nine o'clock now," she says, looking at her watch. "I'm really worried about Odette."

At that moment, there is a knock on the door.

"Maybe it's her. I'll open the door," says Blanche.

We hear Blanche open the front door, then a man's voice, then the barking of a small dog.

"It's probably the downstairs neighbor," I say

while finishing my croissant.

Julia gets up and starts to clear the table. I motion to her to keep it down because I want to listen to the conversation between Blanche and her neighbor.

"No, absolutely not!" says Blanche sharply.

"At least listen to my last offer, Madame de Monceau. I propose to buy your mother's apartment for one million five hundred thousand euros!"

"I would never sell you this apartment. Goodbye and good day, Mr. Trimont."

Blanche's hair is disheveled when she returns to the kitchen.

"This man is really impossible!"

"Really?" says Julia.

"He offered me more money for Mom's apartment. But I told him no, absolutely no."

"Men often have difficulty understanding the word 'no'," says Julia.

Blanche puts a big piece of croissant in her mouth.

"My God! I'd rather die than sell him Mom's apartment."

Blanche now opens the cupboard next to the fridge. She pushes the jars of jam.

"But where did Odette put..."

"Are you looking for something, Blanche?" I ask.

" I'm looking for the bottle of Chateau Mouton Rothschild 2019 that was here yesterday. I need a small glass. This man stressed me out. Plus, if we're going to go through the pictures in mom's room, I need a drink to give me the courage!"

I suddenly remember our dinner last night.

"Blanche, Julia and I finished this bottle of wine last night. It was almost empty. We're sorry."

"That's okay. I'll get another one from the cellar."

"Do you have a cellar?" asks Julia.

"Yes, of course," says Blanche, surprised by this question, which she finds stupid.

Blanche grabs a large black key from one of the drawers. On this key is written the number six.

"It's the key to paradise," says Blanche.

"I'll come with you," says Julia. "I'd like to see the wine cellar of a French woman and then I want to go shopping. I'd like to buy an avocado."

"An avocado?" says Blanche in surprise.

"I eat an avocado sandwich every lunch. It's my little ritual, my own little tradition."

I think I hear a little sarcasm in my friend's voice.

Chapter 16 Exercise

Blanche needs a small glass of 2019 Chateau Mouton Rothschild. (I understand her.)

What is the correct spelling of these numbers?

a) 320 = trois cent vingt

b) 581 = cinq cent quatre-vingt-un

c) 2022 = deux mille vingt-deux

d) 1080 = mille quatre-vingts

e) 1 000 211 = un million deux cent onze

Chapter 17

I am alone in the apartment. Blanche and Julia have gone down to the cellar and Odette is still not here.

I peacefully finish my cup of coffee in the living room thinking that I would so much like to live in Paris!

I can easily imagine living in this apartment. Every morning I would open the living room window and look out at the Sacré Coeur Basilica. Then I would walk through the Montmartre neighborhood. I would pass the Moulin Rouge without daring to go in. Then I would go to Place Dalida to observe this famous singer's statue. Then I would stroll in the Montmartre cemetery and I would remain silent in front of the tomb of the writer Émile Zola and of the painter Edgar Degas. Finally, around noon, I would eat an onion soup at Chez Eugène, the brasserie on Place du Tertre. Paradise!

But I have to come back down to earth and stop dreaming. I live in Houston where alligators are as numerous as pigeons in Paris.

I start to tidy up the living room. I put the three glasses of water in the kitchen sink. I look at the time on the microwave. Blanche left to get some wine over 20 minutes ago. She still hasn't come back up. I'm not worried. She may have met her clingy neighbor, Mr. Trimont.

In the living room, I put the sofa cushions back on properly. I clean the coffee table. Blanche has left the precious photo album on her armchair.

I sit down and start looking at it.

How fortunate she is to have a photo album like this. I, for one, have absolutely no photos of my family. They were all destroyed during Hurricane Harvey in 2017. I prefer to forget that painful event.

I look at the black and white photos of Julia and Blanche's grandparents. I love to see the clothes of that time. Françoise and Bernadette's mother wears beautiful dresses with lace. The father always has a hat on his head. The two girls, Françoise and Bernadette, are always smiling.

I hear the front door open.

"I couldn't find an avocado," Julia says in the

apartment hallway.

"I'm in the living room," I tell her.

Julia enters the living room. Her bandana is tied around her right arm. There is a little blood on it. I look at her surprised.

"What a morning! I fell down the cellar stairs. And then it was impossible to find an avocado. The grocery store on the street only opens at ten in the morning."

"Come with me to the bathroom, I'll clean your arm."

"That's okay, Alice. What I really need is a little glass of wine. Blanche showed me her cellar. It was great!"

"You're not going to drink wine now. It's only nine forty-five!"

"But it's 4:45 in Houston! Plus, Blanche picked a bottle of 2013 Clos Montmartre Wine from her cellar. The vineyard is located here in Montmartre. Isn't that amazing? I can't wait to taste it."

I motion to Julia to sit on the couch.

"We'll have to wait because Blanche hasn't come back from the cellar yet."

"She didn't come back?" asks Julia surprised. "But she left more than thirty minutes ago."

All of a sudden, we hear a loud knock on the door.

Chapter 17 Exercise

Like many French people, Blanche loves wine. Here are some easy questions about wine. Answer these questions with true or false.

1. J'utilise un tire-bouchon pour ouvrir ma bouteille de vin. C'est vrai !
   I use a corkscrew to open my wine bottle. It's true!

2. La vigne est le nom de la plante sur laquelle pousse le raisin. C'est vrai !
   The vine is the name of the plant on which the grape grows. It's true!

3. La récolte du raisin s'appelle les vendanges. C'est vrai !
   The grape harvest is called vendanges. *It's true!*

4. Au restaurant, on ne peut pas commander un verre de vin. C'est faux !
   At restaurants, you can't order a glass of wine. It's false!

5. « De la piquette » c'est un nom donné à un

vin de mauvaise qualité. C'est vrai !
*"Piquette" is a name given to a poor quality wine.
It's true!*

Chapter 18

"Open up, open up," says a man behind the door.

I immediately recognize Mr. Trimont's voice, the neighbor on the first floor. I quickly open the door. Fortunately, Julia didn't lock all four locks when she came back earlier without an avocado. Mr. Trimont is wearing a yellow t-shirt and pants. He looks like a mustard jar.

"Hello, sir. My name is Alice," I say to introduce myself. "I am..."

I stop talking because I notice right away that this man is terrified. He is breathing noisily and he is as white as sugar.

"What's going on?" asks Julia who just arrived.

Mr. Trimont has trouble catching his breath.

"There was... There was a horrible accident in the cellar..." he says.

He signals us to follow him. We go down the

stairs behind him. On the first floor, we hear the little dog barking.

"Marie-Cécile, go to your doghouse!" orders Mr. Trimont while passing in front of his door.

The little dog immediately falls silent. We continue to go down. Julia is in front of me. On my friend's legs, RGB's face remains stoic. This gives me courage.

On the first floor, Mr. Trimont opens a small, unattractive door.

"We're going to the basement," he says.

Above the door, he pushes the switch to light the way to the cellar. I hear tick, tick, tick... This type of light works on a timer. Electricity is expensive in France. We slowly go down the stairs.

"Be careful, it's slippery here," Julia warns me.

It gets colder and colder. Once downstairs, we pass in front of wooden doors. They're closed by simple padlocks. On each door, we can read a number : 2, 4...

"How many cellars are there?"

"There are six private cellars, two per apartment and two large communal cellars," answers Mr. Trimont.

"It's a real Swiss cheese!" says Julia to make a joke and lighten the mood a bit.

We remain silent.

"A Swiss cheese because there are many holes," she adds.

In the basement, the smell is different than on the floors. And in front of door number five, the smell is very different.

"Mr. Trimont," I ask, "what is that smell?"

"It's the smells of mushrooms," he says in a calmer voice. "I grow different types of mushrooms in my cellar," he adds. "It's the perfect climate."

"Really?" says Julia suddenly very interested, "what kind of mushrooms?"

But he doesn't answer. He shows us with his hand the door a little further, the door number 6.

It's cracked open. I push it with my foot. The first things I see are Blanche's shoes. The beautiful beige shoes with red soles.

We get a little closer. There's a strong smell of wine here. Blanche is on the floor. She is motionless. Her lips are blue. Her Hermes scarf is tight around her neck.

"Blanche? Blanche?" calls Julia.

But Blanche doesn't move.

Just then, the light goes out.

Chapter 18 Exercise

Blanche is found strangled with her Hermes scarf.

Here are some questions about this mythical scarf. Do you know the answers ?

Quel est la forme d'un foulard Hermès ?
Un carré.

What is the shape of a Hermes scarf? A square.

En quelle année a été inventé le foulard Hermès ?
1937.

In what year was the Hermes scarf invented? 1937.

Quelles sont les dimensions typiques des foulards Hermès ?
90 cm x 90 cm.

What are the typical dimensions of Hermes scarves? 90 cm x 90 cm.

Quelle longueur de fil de soie est utilisée pour fabriquer un foulard Hermès ?

450 kilomètres.

What length of silk thread is used to make a Hermes scarf? 450 kilomètres (280 miles).

Dans quel film Meryl Streep achète beaucoup de foulards Hermès ?

Le diable s'habille en Prada.

In which movie does Meryl Streep buy a lot of Hermès scarves? The Devil Wears Prada.

Chapter 19

"Oh my God!" shouts Julia.

"Don't touch anything," I say.

"I want to get out of here," cries Mr. Trimont.

We go up the stairs thanks to the light on Julia's cell phone. We run up the steps at full speed.

A few seconds later, we enter Blanche's apartment out of breath.

"My God! How awful," says Julia.

Odette is there. She is peacefully vacuuming the hallway. She must have got to the apartment when we were in the cellar. She turns off the electric vacuum cleaner with her foot and looks at us surprised.

"What's going on?" she asks. "Did you see the devil?"

"Madame de Monceau had an accident," says the neighbor. "She's in the cellar..."

We don't have time to give her any more explanations. We must call the police immediately.

"I don't understand," says a frustrated Julia. "The number for the police doesn't work."

I notice that my friend's hands are shaking.

"What number did you call?" asks Mr. Trimont.

"911," she says.

The neighbor looks at her, raises his eyes to the sky and starts talking to her as one would talk to a child.

"Madame, you are not in the United States, you are in France! Here, to call the police, you dial 17! Do you understand?"

Julia takes a deep breath to calm herself. She hates it when a man gives her explanations like she's ten years old. To be honest, I don't know a single woman who likes that.

"There's no need to mansplain it to me, or penisplain as they say in Quebec," Julia told him sharply. I understand.

On Julia's leg, I think I see RBG's face smiling.

Julia dials the police number on her phone a second time.

"Hello?"

"Police station of the 18th arrondissement, go ahead," says a woman's voice.

"It's an emergency," screams Julia. "A woman strangled with her scarf... She's on the floor in her cellar... She's not breathing. Come quickly, please... 179 rue Lepic."

Less than five minutes later, the siren of a police car can be heard.

I run to the window and open it. Cool air enters the living room. A police car parks in front of the building door. Seen from above, it looks miniscule, tiny. Yet four policemen, three men and one woman, get out of the car.

Chapter 19 Exercise

Alice, Julia and Mr. Tremont found Blanche strangled in her cellar. They need to call the police quickly, so they run up the stairs « quatre à quatre ». The expression, which literally means four by four or four at a time, means "quickly, at full speed."

Complete these expressions with the correct number (zero, one, two, three and four.)

avoir le moral à **zéro** (ne pas avoir le moral, être triste ou déprimé)
to be in low spirits (to feel a little down, to be sad or depressed)

avoir **deux** mains gauches (être maladroit)
to have two left hands (being clumsy)

avoir le cul entre **deux** chaises (hésiter entre deux options possibles)
to have one's ass between two chairs. (to hesitate between two possible options)

manger comme **quatre** (manger beaucoup)
eat like four (eat a lot)

à un de ces **quatre** (à bientôt)
one of these four (see you soon)

couper les cheveux en **quatre** (être pointilleux)
to cut hairs in four (to split hairs)

prendre son courage **deux** mains (être courageux)
take one's courage in two hands (be courageous)

Jamais **deux** sans **trois** (ce qui arrive deux fois, arrive souvent une troisième fois)
Never twice without thrice. (Events tend to repeat themselves.)

se mettre en **quatre** (faire des efforts, faire tout son possible)
to go out of one's way (to make an effort, to do everything possible)

être plié en **deux** (beaucoup rire)
to be folded in half (to be doubled over laughing)

Chapter 20

The police commissioner is sitting on the sofa in the living room. The other three policemen are in the cellar with Blanche's body.

"Let's start again from the beginning," she says, looking at Julia. "Who are you in relation to Madame Blanche de Monceau?"

Julia has repeated her story three times now. My friend is beginning to lose patience.

"I am her cousin. Blanche contacted me to help her sort out pictures."

"And where do you live?"

"I live in Houston, Texas. Like my friend, Alice Hunt."

"And why are you in Paris?"

Since ten o'clock this morning, the commissioner has been questioning us. Odette, Mr. Trimont, Julia and I have had enough. Like all of us, Julia is very tired. So I decide to come to her aid.

"We were invited by Madame Blanche de Monceau. Her mother, Madame Bernadette de Monceau and Julia's mother, Madame Françoise Strong, are sisters. Julia is Blanche's American cousin."

"If I understand correctly, Madame Blanche de Monceau and Madame Julia Strong are cousins. Is that right?"

"Yes, that's exactly it," sighs Julia.

"But why did Madame de Monceau invite you to Paris?"

"To help her sort through family photos, I reply in a calm voice.

"Does Madame de Monceau have no children or a husband to help her?"

Julia starts to laugh.

"A husband to help her! You are really very funny, Madame commissioner."

From experience, I know that police officers do not have a great sense of humor.

"Blanche was not married and she had no children," I continue.

"So," says the commissioner, "Madame Blanche de Monceau invited you to sort out family photos in her mother's apartment. Is that right?"

"Yes, well almost... The apartment belongs to Madame Blanche de Monceau. She inherited it when her mother Françoise died... No. I mean when her mother Bernadette died."

I'm starting to talk nonsense. It's one o'clock and we still haven't had lunch. My stomach starts to growl.

"Madame Blanche de Monceau inherited her mother's apartment. And Madame Blanche de Monceau has no children nor husband. Is that right?"

"Yes, that's exactly right," sighs Julia.

"So, my question is: who will inherit this apartment?" asks the police commissioner, looking at Julia and then at the Sacré Coeur Basilica.

I notice that Julia has put her right arm behind her back. It's the arm she injured this morning.

Chapter 20 Exercise

Julia is questioned by the police commissioner.
Here is a summary of the interview.
Unfortunately, there are 6 spelling mistakes in
this text. Can you find them?

Mistakes shown **in bold**:

Je m'appelle Julia Strong. Je suis la **cousin** de
madame Blanche de Monceau qui a été retrouvée
étranglée dans sa cave. J'habite à Houston **en**
Texas. Je suis bibliothécaire. Je suis célibataire et
j'ai sans enfant.

J'ai été invitée à Paris par ma cousine. Sa mère,
madame Bernadette de Monceau et ma mère
madame Françoise Strong **son** des sœurs.
Madame Bernadette de Monceau est **mort**.
Blanche a hérité de l'appartement au 179 rue
Lepic. Je **doigt** aider Blanche à trier des photos de
famille

Corrected text:

Je m'appelle Julia Strong. Je suis la **cousine** de

madame Blanche de Monceau qui a été retrouvée étranglée dans sa cave. J'habite à Houston **au** Texas. Je suis bibliothécaire. Je suis célibataire et je **suis** sans enfant.

J'ai été invitée à Paris par ma cousine. Sa mère, madame Bernadette de Monceau, et ma mère, madame Françoise Strong, **sont** des sœurs. Madame Bernadette de Monceau est **morte**. Blanche a hérité de l'appartement au 179 rue Lepic. Je **dois** aider Blanche à trier des photos de famille

Translation:

My name is Julia Strong. I am the cousin of Mrs. Blanche de Monceau who was found strangled in her basement. I live in Houston, Texas. I am a librarian. I am single and have no children.

I was invited to Paris by my cousin. Her mother, Madame Bernadette de Monceau and my mother Madame Françoise Strong are sisters. Madame Bernadette de Monceau is dead. Blanche inherited the apartment at 179 rue Lepic. I must help Blanchesort go through family photos.

Chapter 21

"Ms. Julia Strong, I accuse you of having strangled Mrs. Blanche de Monceau with a Hermes scarf," says the commissioner.

"But that's impossible!" Julia contests.

The policewoman gets up from the couch and starts walking in circles in the living room.

"Mrs Strong, all the information I have gathered today points to you. Firstly, Odette, Madame de Monceau's cleaning lady, heard you yesterday marvelling at this apartment and talking about contacting a lawyer.
"That's true but..."
"You thought that killing your cousin would be the easiest way to become a landlord!"
"Absolutely not," Julia defends herself.

The commissioner is now walking randomly through the living room.

"And so," she continued, "with the death of your cousin, Madame Blanche de Monceau, a single woman with no children, you quickly became the owner of the apartment. Well done!"

Julia is red with anger.

"But how can you say..."

"Third," continues the commissioner, who is now looking at the books in the bookcase, "you were the last person to see the victim alive. Fourth, you have no alibi. Fifth, I noticed that there is blood on your right arm. Your cousin must have resisted and scratched you. Sixth, Blanche de Monceau was killed the day after your arrival. A coincidence? I don't think so. Seventh and last, the Hermes scarf around Madame de Monceau's neck is tied with a cowboy knot. And you live in Texas. It's as clear as Evian water, Mrs. Strong. You're guilty!"

The commissioner smiles. She found the murderer in record time! She can go home early and relax by watching an episode or two of the Lupin series on Netflix.

The policemen arrive in the living room. They talk loudly. All three smell of wine. They must have tasted several bottles in the cellar.

"Ms. Julia Strong, you are under arrest.

Gentlemen," she says to the policemen, pointing to Julia, "put the handcuffs on her."

"But it's a mistake," says Julia. "I am innocent!"

One of the policemen staggers up to Julia and handcuffs her. The commissioner turns to me.

"Ms. Hunt, can you give me your friend's passport? I need it to make my report."

My friend Julia looks at me scared. But I stay calm. This is not my first rodeo, as they say in Texas. I have already been accused of a crime several times in France.

"Where is your passport?" I ask Julia.
"In my suitcase," she says.

I go to our room. I open her suitcase and find her passport between a t-shirt and a small book borrowed from the Houston library.

The book catches my eye. It's called *100 Ways to Tie Your Scarf. Learn How to Tie the Bobbin Knot, the Pretzel Knot...and the Cowboy Knot.*

Chapter 21 exercise

The police commissioner wants Blanche's passport.

Here are several passport validity dates. Can you spell out these dates? For example: 8/03/2001 the eighth of March two thousand and one

5/05/2005 : le cinq mai deux mille cinq
May 5th, 2005

10/06/2010 : le dix juin deux mille dix
June 10th, 2010

11/09/2018 : le onze septembre deux mille dix-huit
September 11th, 2018

20/01/2020 : le vingt janvier deux mille vingt
January 20th, 2020

7/12/2006 : le sept décembre deux mille six
December 7th, 2006

Chapter 22

Julia went to the 18th arrondissement police station with the four policemen. All five of them managed to get into the small police car. A miracle!

Now I am alone. Odette, tired by the interrogation, decided to go and rest in her small apartment. Mr. Trimont also went home. He wanted to get back to his little dog Marie-Cécile as soon as possible.

"She's not used to being alone this long," he says. "She's going to make me pay. I'm going to find a little turd or two on my Persian rug. That's for sure!"

I look at my watch. It's almost two o'clock. I'm starving. I go into the kitchen. I open the refrigerator and find inside some beet salad, a piece of Camembert cheese from Normandy and an apple.

"Did Julia kill her cousin Blanche?" I say aloud. "Is she guilty? Unfortunately, everything points to my friend."

I grab the salt shaker and lay it down on the kitchen table. A little salt falls on the tablecloth. This salt shaker represents Blanche lying in the cellar.

I then take the pepper shaker. It is large and solid. It represents Julia. I place it in front of me on the kitchen table.

"You can't deny that Julia benefits from the death of her cousin because she will inherit the apartment at 179 rue Lepic."

I bring the pepper shaker closer to the salt shaker.

"I've known Julia for over ten years. She is my colleague and my friend. I can't imagine her killing a woman for an apartment or for money."

So I move the pepper shaker away from the salt shaker.

Now I grab the Dijon mustard jar. It represents Mr. Trimont.

"Mr. Trimont also benefits from Blanche's death. He needs a bigger apartment to live with his husband Gilles. Blanche didn't want to sell it to him at all. Besides, it was Mr. Trimont who found Blanche's body in the cellar. He could have strangled her and then gone up to the second floor to let us know."

I stare intensely at the Dijon mustard jar.

"Mr. Trimont told the commissioner that he had gone down to the cellar with Marie-Cecile, his little dog, to get some mushrooms for his lunch. It was when he heard Marie-Cecile barking that he realized that there was a problem in cellar number 6. His story is plausible."

I now grab the whole grain mustard jar. It represents Odette.

"Odette also benefits from Blanche's death. Blanche didn't want to keep her. Odette risks losing her job and her small apartment. This morning, Odette was late. She could have hidden in the cellar and waited patiently for Blanche to come and get a bottle of wine. She knew that the bottle of wine in the cupboard was almost empty. By killing Blanche, Odette also knew that suspicion would certainly fall on Julia, the American cousin."

I bring the whole grain mustard closer to the

salt shaker.

"I heard Odette accuse Julia. She told the commissioner: 'American women love Paris. They'll do anything to get an apartment here!'"

After my lunch, I decide to clean up the kitchen table. I put the salt shaker back upright. I put the Dijon mustard and the whole grain mustard in the refrigerator.

Once the table is cleared, I return to the living room. On the coffee table, I take the precious photo album. It is really a treasure! But I don't understand exactly why Bernadette kept these pictures in her bank safe and not the other pictures.

On the album's first photo, I can see Françoise, Julia's mother. She is on the steps of the Sacré Coeur Basilica. She is maybe ten years old in the picture. Françoise has a baby in her arms. It's not Bernadette because Bernadette is three years younger than her sister Françoise. So who is this baby?

But suddenly I understand everything. I know who killed Blanche!

Chapter 22 Exercise

Alice knows who killed Blanche. Here we use the verb *savoir* and not the verb *connaître*.

Can you complete these sentences with the verb *savoir* or the verb *connaître?*

Monsieur Trimont **sait** qu'il va retrouver une petite crotte ou deux sur son tapis persan.
Mr. Trimont knows that he will find a small turd or two on his Persian carpet.

Alice **connaît** les policiers français.
Alice knows French police officers.

Blanche **connaît** les vins français.
Blanche knows French wines.

Odette **sait** bien cuisiner.
Odette knows how to cooks well.

Les Américaines **connaissent** le Sacré-Cœur à Paris.
The American women know the Sacré-Coeur in Paris.

Alice **sait** que Julia est innocente.

Alice knows that Julia is innocent.

Julia ne **connaît** pas bien Blanche, sa cousine française.
Julia does not know Blanche, her French cousin, well.

Alice **sait** pourquoi Blanche a été tuée.
Alice knows why Blanche was killed.

Chapter 23
The next day

We are at the Sacrée Fleur restaurant, not far from the 18th arrondissement police station. Julia does not order an avocado sandwich for lunch. Instead, she orders an onion soup, a plate of frog legs, and standing rib roast.

"You don't know how happy I am to be free!" Julia says, drinking some champagne.

"I hope the last twenty-four hours haven't been too difficult for you."

"I'd rather forget about them," she says. "But tell me, Alice, what did you do to find out who killed Blanche?"

I look down at our table and grab the salt and pepper shakers and the Dijon mustard. At the same time, the waiter arrives with my dozen snails.

"Thank you, sir," I say. "Can I have some whole grain mustard, please?"

He looks at me in amazement.

"But madam, snails are not eaten with mustard."

"I know but I need some," I answer him.

"Americans are crazy," he says, rolling his eyes.

He returns a few moments later with a large jar of whole grain mustard.

"Would you like some ketchup, too, Madame?" he says defeatedly.

"No thanks."

I grab the mustard jar.

"Here is Odette," I say to Julia while putting the jar on the table.

"The mustard jar is called Odette, now I've seen everything!" says our waiter before leaving for another table. "Americans are really getting crazier and crazier!"

I grab the salt shaker.

"And this is Blanche," I continue. "You, Julia,

are the pepper. Monsieur Trimont is the Dijon mustard. Can you visualize all the characters?"

"Yes," she says. "I love being the pepper shaker."

"I knew it!" I say with a smile.

For ten minutes, I describe to Julia the timeline of all these people on the morning of the murder. Mr. Trimont is getting ready to go to the cellar to look for mushrooms with his dog Marie-Cécile. Odette is late for work. Maybe she's in her apartment or somewhere else. And you, Julia, are in the cellar with Blanche and then you go to look for an avocado (*avocat*)."

"The fruit of course," she says, "not a lawyer (*avocat*) legal expert!"

I take my purse and bring out an old photo.

"Do you remember the photo album kept preciously in Blanche's mother's bank safe?" I ask.

"Yes, very well," says Julia.

"Remember that picture of your mother in front of the basilica?"

"Yes, she has a baby in her arms."

"Well, it's thanks to this picture that I found the truth."

Chapter 23 Exercise

Alice found out who killed Blanche. Alice is smart. That's normal, she's a librarian!

Here are 10 words belonging to the vocabulary of a police case. Can you find the right translation?

coupable	*guilty*
un témoin	*a witness*
un indice	*a clue*
une preuve	*evidence*
avouer	*to confess*
soupçonner	*to suspect*
un corps	*a body*
un assassin	*a murderer*

Chapter 24

I give the picture to Julia.

"If you look closely, you can see a mole on the baby's calf. The same mole as the one on your calf and the one on your mother's calf."

"That's true," says a surprised Julia. "I hadn't noticed it before. This baby must be Bernadette, right?"

"Bernadette is three years younger than her sister Françoise. At the time of the photo, Bernadette was thus 7 years old. That baby is Odette!"

"Odette? Are you sure?"

"I'm sure of it. The age matches. I found papers with her date of birth in the apartment. Also, on the morning of the crime, when Odette turned off the vacuum cleaner with her foot, I saw the mole on her calf in the same place as yours."

The waiter put our desserts on the table. I chose a chocolate mousse and Julia chose a crème brûlée.

"I'm going to take the condiments off now," he says timidly to warn us.

"No way!" I yell. "I still need them!"

The waiter looks at me with wide eyes and quickly leaves.

"Julia, you always wear shorts. So Odette saw the mole on your calf. I'm sure she also looked at the photo album. She recognized herself. And she realized for the first time that she was family.

"Odette is the Françoise's and Bernadette's sister. That's incredible!"

I place the whole grain mustard jar in the center of our table.

"Well, half-sister. I think that Bernadette and Françoise's mother had an extramarital affair. I found a picture of a certain Jean-Paul Desjardins in the photo album with these words: To my love for life. And he looks a lot like Odette."

"My grandmother got pregnant and she kept the child."

"That's exactly it. And your grandfather accepted this illegitimate baby on the condition that she would not have the same consideration as Françoise and Bernadette, his legitimate daughters."

Julia and I eat our desserts in silence. It's a lot to digest.

"But why did Odette kill Blanche?" Julia asks me once her crème brûlée is finished.

"Odette realized that she had been the family's cleaning lady for all those years! She had been exploited by the family, that's for sure. Plus, Odette was furious because she was going to lose her job and her apartment. Blanche didn't want to keep her."

"And how did she do it?"

"On the morning of the crime, Odette waited for Blanche in the cellar. She knew that Blanche would go and get a bottle of wine because there was none left in the kitchen."

"What a crazy story!" says Julia.

"Odette also thought that you would be accused of the crime. You were the obvious culprit."

I signal the waiter to bring us the check.

"I have a question for you though, Julia. When I took your passport out of the suitcase, I found a little book about different ways to tie your scarf. Why did you borrow it from the library?"

"You know I love wearing bandanas. I just wanted to learn how to be more stylish in Paris."

The waiter arrives with the check.

"Did you eat well?" he asks us.

"It was excellent!"

Julia gives her credit card to the waiter.

"Im treating you to thank you," she says.

"Thank you, dear friend."

"I have a question for you too," says Julia.

"Go ahead, dear colleague."

"How did Odette manage to strangle Blanche? After all her years of cleaning, her hands are full of arthritis!"

I grab the whole grain mustard jar and open the lid without difficulty.

"Odette used Blanche's Hermes scarf. The silk of this scarf is so pure that it glides effortlessly!"

THE END

ABOUT THE AUTHOR

France Dubin lives in Austin, Texas. She has taught French for more than ten years to students of all ages.

She decided to write books in easy French so that her students could read in French by themselves or with only a little help.

She loves to hear from her readers, and she enjoys speaking at French book clubs. Here are ways to keep in touch:

e-mail francedubinauthor@gmail.com
Join her mailing list at francedubin.com.
Follow her on Facebook at
facebook.com/FranceDubinAuthor
Follow her on Instagram at
@books.in.easy.french

Printed in Great Britain
by Amazon

14061144R00144